中外动物小说精品

　　我从20世纪80年代初开始写动物小说，已历时三十多载。我始终坚信，动物小说是最适合青少年阅读的文体。动物小说描写生命的传奇，揭示生命的奥秘，追问生命的真谛，感悟生命的内涵，拷问生命的灵魂，其实质就是生命文学。我常常为动物所表现出来的独特的生存方式而着迷，常常为动物行为所展示的奇特生命哲学而震惊。我希望通过传奇故事这种载体，将动物独特的生存方式和奇特的生命哲学告诉亲爱的读者，让他们获取精神成长的正能量，面对复杂多变的社会人生，变得更坚强、更勇敢、更自信。

沈石溪

动物是人类的一面镜子,
人类所有的优点和缺点,
几乎都可以在不同种类的动物身上找到。

动物小说折射的是人类社会，
动物所拥有的独特的生存方式和生存哲学，
应该引起同样具有生物属性的人类思考和借鉴。

每个孩子都可以从动物伙伴的身上，
学到成长的道理。

中外动物小说精品（升级版）

草原鼠王

沈石溪 等 著

时代出版传媒股份有限公司
安徽少年儿童出版社

图书在版编目（CIP）数据

草原鼠王 / 沈石溪等著 . —合肥：安徽少年儿童出版社，2021.1（2022.2重印）
（中外动物小说精品：升级版）
ISBN 978-7-5707-0857-4

Ⅰ.①草… Ⅱ.①沈… Ⅲ.①儿童小说 – 中篇小说 – 小说集 – 世界②儿童小说 – 短篇小说 – 小说集 – 世界
Ⅳ.①I18

中国版本图书馆CIP数据核字（2020）第158904号

ZHONGWAI DONGWU XIAOSHUO JINGPIN SHENGJI BAN CAOYUAN SHUWANG

中外动物小说精品（升级版）·草原鼠王　　　　　　　　　　沈石溪等　著

出版人：张 堃	总 策 划：上海高谈文化	策划统筹：阮 征
责任编辑：高 静	责任校对：冯劲松	责任印制：朱一之

出版发行：时代出版传媒股份有限公司　　http：//www.press-mart.com
安徽少年儿童出版社　　E-mail：ahse1984@163.com
新浪官方微博：http://weibo.com/ahsecbs
（安徽省合肥市翡翠路1118号出版传媒广场　　邮政编码：230071）
出版部电话：（0551）63533536（办公室）　63533533（传真）
（如发现印装质量问题，影响阅读，请与本社出版部联系调换）

印　　制：安徽新华印刷股份有限公司
开　　本：635 mm×900 mm　1/16　印张：14　插页：8　字数：156千字
版　　次：2021年1月第1版　　　2022年2月第4次印刷

ISBN 978-7-5707-0857-4　　　　　　　　　　　　　　　　　定价：22.00元

版权所有，侵权必究

序：动物小说的灵魂

沈石溪

20世纪上半叶，西方生物学派生出一门新的边缘学科——动物行为学。传统生物学与动物行为学在学术观念、观察角度、研究手段和考察方法等方面都有显著差异。传统生物学注重被研究者的共性，热衷于调查物种的起源、种群分布的情况，给形形色色的动物分门别类，根据动物的生理构造和特化器官，确定该归于什么纲什么目什么类什么科什么属；分析动物的食谱，解释某种动物与某种环境的依存关系；观察动物的发情时间与交配方式，了解动物的繁殖机制等。动物行为学家对动物的社会结构、情感世界和个体生命的表现投注了更多的研究热情，透过动物特殊的行为方式，从生存利益这个角度，来寻找产生这些行为的原因；在研究动物行为的同时，其严肃、理性的目光也注视着人类的行为，在动物行为与人类行为之间勾画出一条清晰可辨的精神脉络，给人类以外的另类生命带去温暖的人文关怀。

我喜欢读动物行为学方面的书。每当偷得浮生半日闲，躺在摇椅上，捧一杯清茶，翻开奥地利动物学家、诺贝尔生理学或医学奖获得者、动物行为学创始人康拉德·劳伦兹的《攻击与人性》，或者浏览美国生物学家、动物行为学先锋斗士E.O.威尔逊的名著《昆虫的社会》，我总是深深地被大师们严谨的学风、渊博的知识、犀利的目光、翔实的资料、风趣的语言和无可辩驳的论点所折服，心灵上受到强烈震撼，精神上产生巨大共鸣。我相信，动物行为学具有无限广阔的发展前景，能找出人类行为发生偏差的终极原因，是医治人类社会种种弊端的灵丹妙药，为人类把握正确的进化方向提供了牢靠的坐标。

这也许是我个人的偏爱，有点言过其实了。可动物行为学家们通过长期观察动物生活得到的许多例证，确实对人类社会具有振聋发聩的作用。

例如，关于大熊猫为什么会濒临灭绝，一般认为有两个原因：一是人类大量开荒种地破坏了大熊猫的生存环境；二是大熊猫食谱单一，只吃箭竹，属于适应性较差的特化动物。但动物行为学家却另辟蹊径，经过大量调查研究后认为，大熊猫濒临灭绝除了环境和食谱外，还有另外两个原因：第一，大部分动物都有巢穴，尤其是母动物产崽期间都要寻找一个隐蔽、安全的地方当作自己的窝，而大熊猫是典型的流浪者，头脑中没有"家"的概念，它们追随食物四处游荡，吃到哪里睡到哪里，产崽育幼期的母熊猫也同样如此，颠沛流离的生活对刚刚出生的幼崽来说显然是有害无益的，风餐露宿，再加上食肉动物的侵害，幼崽存活的概率很小；第二，丛林里凡生存能力不是特别强，而幼崽又须经过很长一段时间精心养育才能独立生活的动物，如狼、豺、狐、獾、鼠和鸟类等，大多实行双亲抚养制，雄性和雌性厮守在一起，共同养育后代，而大熊猫生性孤僻，雌雄间感情淡漠，各奔东西，谁也不认识谁，清一色的单亲家庭，母熊猫单独挑起抚养幼崽的重担。母熊猫通常一胎产双崽，但过的是没有窝巢的流浪日子，不可能一条胳膊抱一只幼崽走路，又没有配偶替它分担困难，所以只能在两只幼崽中挑选一只抱走，另一只幼崽就被遗弃荒野了。单身母亲的日子过得很艰难，遭遇危险时找不到帮手，头疼脑热时得不到照应，稍有不慎，唯一的幼崽便会夭折，繁殖后代、延续生命的链条就此断裂。

反观人类社会，许多人不珍惜温馨的家，把家看作累赘，把家看作牢狱，弃家不顾、离家出走、天涯飘零，去过所谓的潇洒生活，面对大熊猫濒临灭绝的事实，难道还不该及时醒悟吗？再看如今社会上越来越多的单亲家庭独木难支的困窘，是不是也该从大熊猫生存路上艰难的步履中吸取某种教训？

在动物面前，人类常常犯自高自大的错误。人类有一种根深蒂固的偏见，总认为自己是高等生灵，动物都是低等生灵；自己是天地间的主宰，动物是任人摆布的畜生。不错，人类是地球上进化最快的一种动物，会直立行走，会使用语言文字，用勤劳的双手和智慧的头脑创造出了无与伦比的现代文明。然而，人是由动物进化来的。地球上存在生命已有数亿年时间，人类的历史不过几千年，人这种动物在进化成人以前曾经过漫长的动物阶段，动物的本能、本性在人类身上根深蒂固，人类不可能在几千年短暂的进化过程中就把在数亿年中养成的动物性荡涤干净。科学家证实，文化属性与生物属性是构成人的行为的两大要素。人的一部分行为受制于社会大文化，传统势力、伦理道德、风俗习惯、政治说教、宗教戒条、法律法规、民情民风、乡规民约不断修正和规范你的所作所为，迫使你去做这件事而不去做那件事，这就是人类行为的文化动因。人的另一部分行为受制于生物本能，贪婪好色、权欲熏心、天性好斗、自私自利、妄自尊大、好逸恶劳、贪图口福、嫉妒心理等负面因素又时时让你产生难以抑制的冲动，驱使你去做那件事而不去做这件事，这就是人类行为的生物动因。假如某人的行为既出于合理的生物本能，又符合社会大文化的要求，那么他就是一个真实、自然的好人；假如某人的行为完全抑制生物本能去迎合社会大文化的苛刻要求，存天理灭人欲，那么他就是一个虚伪矫情的假人；假如某人的行为放纵生物本能，弃社会大文化于不顾，他就是一个凶残狠毒的坏人。有一个观点认为，人类一半是天使一半是魔鬼，讲的就是这个道理。

人和动物之间并不存在不可逾越的鸿沟，人和动物之间的差别也并没有我们想象的那么大。在某些领域，人和动物的差距是微乎其微的。稍有不慎，人就有可能变得像动物一样，甚至还不如动物。

我们只要用心去观察，就不难发现，在情感世界里，在生死抉择关头，许多动物所表现出来的忠贞和勇敢，常常令我们人类汗颜，让我们自愧弗如。

这就是动物小说的灵魂，这就是动物小说能超越时间和空间，为世界各地不同民族、不同肤色的一代又一代读者所喜爱的原因。

是为序。

目 录

军鸽"白雪公主"／沈石溪……………………………001

男孩与狗／［俄罗斯］阿·苏拉卡乌里……………………015

放牧滇金丝猴／杨保中……………………………………041

聪明的寒鸦／［波兰］扬·格拉鲍夫斯基……………………055

草原鼠王／袁博……………………………………………067

北极狐卡图格／［加拿大］欧内斯特·西顿………………091

青雕再舞／张永军…………………………………………147

大老鼠和大雷猫／［俄罗斯］韦·阿斯塔菲耶夫…………175

野兔萨特／雨街……………………………………………189

北极狐的名片……………………………………………209

编者注：本书中人类与野生动物的亲密接触，是在特定的情境下发生的，请读者切勿擅自模仿。

军鸽"白雪公主"

沈石溪

在中国边境线的一侧有一座神鸡岭。远远望去,东边那座挺拔的山峰仿佛是鸡的头部,中间那道蜿蜒的山脉就像鸡的背脊,而西边那道斜坡,恰似公鸡长长的尾巴。每当朝霞染红天际,整座山岭铺满彩霞,真像是从天宫飞来的一只五彩大雄鸡。

在神鸡岭的主峰脚下,有一幢草绿色的石棉瓦钢架营房,掩映在火红的凤凰花和翠绿的椰子树间。一条清凌凌的、散发着山花香味的白龙泉叮叮咚咚地唱着歌,在石缝里跳跃着,从营房门口流过。这里住着解放军某部哨所。哨所里养着一群军鸽,军鸽饲养员是侦察班副班长范小宇。

这群军鸽十分惹人喜爱,给这座边防哨所增添了许多生活情趣。每天早晨,范小宇攀上竹梯,打开搭在一棵大榕树枝杈间的鸽棚门,鸽子便成群地展翅飞向蓝天,用坚实的翅膀驱散晨雾,用悠扬的哨音唤醒太阳。每当这时,范小宇胖乎乎的脸便笑成一朵花,眼睛眯成一道缝。

这群军鸽大部分都是灰鸽子,只有一只白鸽子。这只白鸽子长得非常美丽,全身洁白,没有半根杂毛,两只眼睛像两颗透明的红宝石。飞在天上时,宛如一朵白云;停在地上时,就像一抔白雪;展翅欲飞时,又像一朵盛开的白牡丹。去年军区举行"军鸽千里归巢"比赛,它夺得冠军。战士们都十分喜爱它。当它在天空中翩翩飞舞时,只要你呼唤一声,它便立即飞下来,停在你的肩膀上,"咕咕,咕咕咕",在你耳畔唱一支歌。这时,你就算只剩一粒水果糖,也要咬半粒塞进它的嘴里。它特别爱干净,每天黄昏进窝前,都要飞到战士们用花岗石砌的水池边,啄点白龙泉水,仔细梳理洁白的羽毛。排长龚大明给它起了个典雅的名字——"白雪公主"。

白雪公主的身世很奇特。两年前,范小宇进山砍柴,在一棵缅桂树上捡到一枚野鸽蛋,就把它带回哨所,放进正在孵蛋的一只家鸽窝里。这只家鸽已经孵蛋三天了,等到第十七天时,别的雏鸽都出壳了,可野鸽蛋还是没有动静。老鸽子不肯再继续孵了,范小宇就把这枚蛋贴在自己的胸口,暖了三天三夜,终于救活了这条小生命。范小宇像只慈祥的母鸽,把蚕豆、苞谷嚼烂了,卷起舌尖,对准这只雏鸽的嘴,进行喂食,就这样把它喂养大,所以这只雏鸽像婴儿依恋母亲一样爱范小宇。有一次范小宇到团部开会,离开哨所三天,这三天雏鸽不唱不跳,只是伫立在大榕树的树梢上张望、等待。那天下午,范小宇的身影在对面山头刚刚闪现,它就像箭一样猛地飞了过去……

一次,邻国军队突然侵占了神鸡岭西侧的鸡尾山,妄图从我国的"神鸡"身上拔毛。敌军在山上建了一处代号为"红箭"的导弹基地,弹头瞄准了我国河口、马关等城镇。

"炸毁'红箭',赶走敌人!"前线指挥部下达战斗命令,并调来大口径的榴弹炮、加农炮和火箭炮。可是,鸡尾山上茫茫的原始森林挡住了望远镜的视线。需要一位智勇双全的侦察员潜入敌军阵地去侦察"红箭"导弹基地的方位。这个艰巨的战斗任务交给了范小宇和他特别宠爱的军鸽——白雪公主。

夜色比头发还要黑,范小宇带着白雪公主绕过敌人层层叠叠的明岗和暗哨,神不知鬼不觉地潜进鸡尾山。经过两天的侦察,终于查明"红箭"导弹基地设在后山峡谷中的一片高脚芭蕉林中。范小宇画下地形和方位图,掏出最后一把苞谷喂饱白雪公主,然后把它放进一只尼龙丝网笼里,挎在背上,开始返回。

穿过黄竹林,是一道铁丝网和蒺藜组成的鹿寨,里面有几间茅寮,住着邻国部队的一个连,负责守卫"红箭"导弹基地。连长阮金元养着两只恶鹰,一只是秃鹫,一只是金雕,它们都有一副锋利的尖爪和一张铁喙。淡黄色的金雕叫"黄旋风",深褐色的秃鹫叫"霹雳"。

范小宇在一人多高的山茅草里匍匐前进,绕开敌人的营房,钻进鹿寨右侧的野砂仁地里。刚爬到一半,他的肘关节软塌塌地陷进去一块,仿佛撑在沙发上。地雷!范小宇哗的一声把鸽笼从背后拉进怀里,迅速向左边滚去。随着轰的一声巨响,他失去了知觉……

"咕咕咕咕,咕咕咕咕",白雪公主在他的耳畔唱起一支歌,节奏像战鼓一样激越。他慢慢睁开眼睛一看,敌军连长正带着一群士兵向这儿冲来。范小宇撑起胳膊想站起来，可双脚像在土里生了根，动弹不了。他咬着牙，赶紧解开鸽笼，放出白雪公主，从衣袋里掏出那张沾着鲜血的地形图，塞进系在白雪公主脚上的小铝管里，然后拧紧盖子，挥了挥手说："快，飞回哨所去！"

　　白雪公主扇了扇翅膀，在范小宇身边的草尖上跳跃着，"咕——咕——"地发出悲鸣，不肯离去。敌人越来越近了，草绿色的钢盔在太阳下闪着亮光。范小宇端起冲锋枪，打了两个点射，撂倒了最前面那个"瘦猴"。其余的敌人立即钻进草棵，半天不敢抬头。

　　范小宇伸开手掌，白雪公主立即跳上来，小脑袋在他的手腕上抚弄着。他苍白的脸上泛起微笑，他多么想让这只可爱的小白鸽永远陪伴在自己身边啊！但军情急如火，眼看自己已经不行了，完成任务全靠它了。他的眼睛里闪着泪花，深情地说："我的宝贝，去吧，快飞回家，完成任务要紧。"说着，他抓起白雪公主，在它的脑袋上轻轻地吻了吻，然后猛地将它向空中抛去。白雪公主张开翅膀，像一张美丽的白帆，在范小宇的头顶绕了一圈又落下来，用嘴轻轻地啄他身上的鲜血，展翅飞上蓝天，突然一收翅膀扎进茂密的草丛中，不一会儿又飞回范小宇身边，用喙对准范小宇干裂的嘴唇，吐出一口甘甜的山泉水。

　　敌人越来越多，从四面八方包围上来。蝗虫似的子弹，像一把巨大的镰刀，把周围的山茅草都拦腰割断。范小宇的胸前中了两颗子弹。他用最后一点力气，严厉地命令白雪公主:"快把情报带回哨所,给我报仇!"白雪公主点点头,展开洁白的翅膀,在范小宇头上绕了三匝,然后凄厉地长鸣一声,向卡冲哨所飞去。

敌军连长咬牙切齿地叫道:"快放鹰!撵上那只鸽子。"

黄旋风和霹雳恶狠狠地飞上天空。

白雪公主正在疾飞,突然两只老鹰从一片乌云中钻出,巨大的翅膀扇着风,挡住了白雪公主的去路。白雪公主立即将左翅膀微微一沉,向左急拐,沿着国境线飞去。黄旋风和霹雳在后面猛追。

鸽子的飞行速度比不过老鹰。飞着飞着,白雪公主和两只恶鹰的距离渐渐缩短。在飞出神鸡岭、到达勐满河上空时,白雪公主听见了身后恶鹰拍打翅膀的声音和尖厉的鸣叫声。突然,它看到前方河滩上冒着大团大团热腾腾的乳白色蒸汽。那不是它曾经去过的温泉谷吗?它眼睛一亮,想出一条摆脱恶鹰纠缠的妙计。

温泉谷里有几十处大大小小的温泉,有的水温高达100℃,池中翻滚着气泡,丢颗鸡蛋进去,五分钟便能煮熟。白雪公主到达温泉谷上空,猛地敛紧翅膀,从半空中笔直地坠落下去,落到离地面一丈高时,它不顾炽热的气浪,张开翅膀,稳稳地停落在池边缘的一块礁石上。

霹雳冲在前面,号叫着从半空中俯冲下来,昂着头,拼命地伸长铁爪,高高地耸起翅膀,闪电般地朝白雪公主扑去。

白雪公主敏捷地一跃,从礁石的东端跳到西端。霹雳扑了个空，但因为用力过猛，尖爪来不及收起，所以被惯性带进滚烫的温泉池中。它伸着长长的翅膀，一头栽进沸腾的泉水里，溅起一串水花，不一会儿便被烫死，褐色的鹰毛随着气泡在泉池里打转……

霹雳刚死，黄旋风就飞来了。它看到同伴的死，便吸取了教训，改变战术，将翅膀平伸，无声无息地滑翔下来，就像冬天里的一片枯叶。黄旋风飞到白雪公主身后约两米高的地方，才突然猛扇翅膀，狠狠扑过来。白雪公主听到风声，赶紧腾空而起，但已来不及了，一对尖爪像铁钳一样攫住了它的翅膀。它尖叫一声，猛扭身子，才从黄旋风的铁爪下逃出来，翅膀上被抓掉好几片羽毛，羽毛像轻柔的雪花，在天空中飘落。鲜血从伤口流出来，把洁白的翅膀染成殷红。

白雪公主忍住疼痛，继续飞翔。它一会儿扶摇直上，一会儿乘风而下，一会儿左拐，一会儿右转，使出浑身解数，想甩掉黄旋风，飞回哨所。黄旋风似乎看出白雪公主的意图，像影子一样贴着它的左侧追击，封住了它飞往哨所的路。白雪公主没有办法，只好转头朝邻国境内飞去。黄旋风得意地鸣叫着，加速猛追。

飞了一程又一程，白雪公主又饥又渴，加上受了伤，两只翅膀像坠着两块铅块，每扇动一下都要用尽全身力气。它必须尽快找到机会摆脱这只恶鹰。飞过一片荒野时，白雪公主看见前方黑松树林间有一幢破烂的茅草房，屋顶上有一根烟囱歪歪扭扭地伸向天空。它灵机一动，迅速飞过去，落在烟囱顶端，用小脑袋在黑黢黢的洞口试探了一下，确认烟囱里没有冒烟。它眼一闭，心一横，一头钻进烟囱里。

窄窄的烟囱通道里，刚刚容得下它细长的身躯。它收住翅膀，直愣愣地跌在灶膛上，摔断了右脚。幸好灶膛没有烧火，它一颠一瘸地跳了出来，烟囱和灶膛内厚厚的油烟和煤灰粘在它的身上，把它全身的羽毛染得墨黑。

黄旋风见猎物钻进了烟囱，便在烟囱顶上盘旋着，望着黑咕隆咚的洞口，犹豫了一会儿，也跟着钻了进去。烟囱的通道太窄，它那肥胖硕大的躯体被卡在半道上，出不来，进不去，一点儿也动弹不得。

这时候白雪公主从灶膛里钻出来，它奋力扇动着受伤的翅膀，从窗口飞了出去，飞入湛蓝的天空。

白雪公主在邻国境内飞行，它俯瞰下方，昔日一座座热闹的村寨变得一片荒芜。漫山遍野的树木被士兵焚烧殆尽，只剩下半截黑乎乎、光秃秃的树干，像一个个黑色的十字架。它拼命地飞呀飞，飞过三座大山，前面就是可爱的祖国了。它远远望去，山谷里森林茂密，升腾着一团团紫色的雾气。那号称"巨木"的望天树，高达七八十米，像巨人一样屹立在边防线上；那果实号称"世界油王"的油棕，在微风中舒展着宽阔的叶子，像中国古代宫女在跳长袖舞；那号称"活化石"的树蕨老态龙钟，仿佛在娓娓叙述着地球冰川时期的故事。树林里孔雀、白鹇、锦鸡在灿烂的阳光下自由飞翔。身负重伤的白雪公主在天空中吃力地飞着，像一只破风筝，摇摇欲坠。又飞了一程，前面出现了一个傣族寨子，瓦顶竹楼上飘起袅袅炊烟,微风送来菠萝的芬芳和杧果的馨香,还传来一阵阵悠扬的铓锣声和欢快的象脚鼓声。

白雪公主飞到寨子上空俯瞰,见寨子里正在举行婚礼。有一对新郎新娘坐在一幢崭新的竹楼的凉台上,众多宾客前来贺喜。赞哈波吹起金竹瑟,赞哈咪(赞哈波和赞哈咪都是傣语,分别指男歌手和女歌手)用绸扇遮住脸,唱起了古老的婚宴祝酒歌:"来吧,山里的凤凰,树林里的'诺乐多'(傣族传说中一种金色的爱唱歌的小鸟,被天神封为歌神鸟),和我一起歌唱,祝福这对新人甜蜜的爱情。新郎长得像一棵挺拔的贝叶树,劳动起来像一头健壮的牦牛;新娘长得像一朵芬芳的缅桂花,织的花布就像开屏的孔雀。愿他们的爱情像路边的一棵小草,不怕风霜,不怕践踏,年年月月长出嫩绿的新芽。"

人群中爆发出一阵"水、水、水"的欢呼声,白雪公主也"咕——咕——"地欢叫着,为新郎、新娘祝福。

接着,一位鹤发童颜的老波涛(傣语,指老大爷)拿起一根洁白的纱线,在新郎和新娘的手臂上拴线(傣族一种古老的结婚仪式),并谆谆告诫道:"再绿的叶子也会枯黄,再美的姑娘也会憔悴。新郎呀,你起誓,永远像犀鸟一样钟情。"

"我起誓!"新郎激动得像喝醉了酒。

"再锋利的长刀也会变钝,再矫健的男人也会衰老。新娘啊,你起誓,永远像白鸽子一样贞洁。"

"我起誓!"新娘害羞得像朵睡莲。

"水、水、水……"人群又欢呼起来。十多位姑娘和小伙子跳起了孔雀舞。白雪公主高兴极了，它想，婚礼上的新郎和新娘都是热情、大方的，不会拒绝客人的来临。记得去年泼水节，它和范小宇一起被拉来参加泼水节活动，它抖动洁白的羽毛在晶莹的水花间盘旋，在美丽的彩虹里飞翔，祝福傣族人民吉祥如意，赢得了大家的宠爱，被尊为上宾。那位美貌出众的傣族新娘还捧出一把蚕豆犒赏它。现在，它又来了，它照样可以在新郎、新娘头顶上盘旋祝福，它不奢想再吃脆生生的蚕豆，它只要一杯井水、几粒苞谷，哪怕是浑浊的泥浆水也行，只要能让它恢复点力气，飞回哨所。

它徐徐降落在水井旁的一棵大青树上，向着欢乐的人群咕咕咕地报告着自己的到来。终于，人们发现了它，一位象脚鼓手高声叫道："阿罗，快看，一只讨厌的乌鸦冲着我们叫呢！"

一位耳聋眼花的老波涛摸着白胡子说道："婚礼上飞来乌鸦，那是不吉利的。这只乌鸦叫得这么怪，像是在哭，怕是大难临头了。"

人们纷纷捡起土块、石子来掷它。"咕咕咕——"它解释着，分辩着，用一只左脚在树杈间跳跃着。遗憾的是，没人听得懂它在说什么，它的羽毛被烟囱里的油烟和煤灰染得漆黑，看起来确实像只讨厌的乌鸦。为了躲避飞来的土块和石子，它不得不飞走……

白雪公主逃出了寨子，它已经筋疲力尽了，而且伤口疼得厉害。它多么想立刻跳进河里洗个澡，洗掉这使它蒙受冤屈的一身黑，使自己重新成为招人喜爱的白鸽啊！但水呢？噢，有了，哨所前的白龙泉，那么清澈，那么晶亮，一定能还它一身洁白的羽毛！它又转悲为喜，拼尽最后一点力气向哨所飞去。

离哨所只有一华里了，突然天空刮起大风。猛烈的山风像把刀子，差点把白雪公主残缺的翅膀斩断。它实在飞不动了，只好停在一棵龙血树的树杈上憩息。不一会儿，一群野鸽子也飞到这棵大树上来避风。起先，它们也以为白雪公主是只乌鸦，所以都想避开它；但是听见白雪公主咕咕咕叫了几声后，野鸽子这才知道是同类，就和它亲近起来。一只灰色雄鸽还用喙为白雪公主梳理凌乱的羽毛。白雪公主晃了晃脚上闪闪发光的小铝管，谢谢对方的好意，径直往哨所飞去。

飞到营房前的那片油棕林时，它的翅膀和脚上的伤口再次崩裂了，渗出大滴大滴的血珠。它实在飞不动了，便停在一棵油棕树上歇口气。就在它停脚的那片油棕树上，有一个鹌鹑搭的窝，柔软的稻草散发出醉人的香味。它多么想立刻躺在草窝里养养神，但它想到范小宇在和自己诀别时那饱含期望与信赖的抚摸，以及脚上小铝管里的那张带血的图纸，便又一次振作起来。它飞了几米远，停在一棵树上喘口气，又飞到几米远的另一棵树上，就这样一段一段地向前飞。终于，当夕阳像只红气球挂在树梢时，它飞到了营房门口的那棵大榕树上。望着熟悉的哨所、战士、鸽棚、白龙泉和盛满泉水的池子，它咕咕咕，咕咕咕地向正在院子里吃饭的战士们发出呼叫。

龚排长正焦急地等待着范小宇和白雪公主回来，眼巴巴地从早晨等到黄昏，连影子都没看到。指挥部已经打来五次电话，询问侦察结果。军情急如火，明天就要对鸡尾山发起攻击，倘若得不到"红箭"导弹基地的确切位置，不知要多流多少宝贵的鲜血！因此，他急得就像眉毛上拴了火炭，连吃饭都顾不上。此刻，他正站在院子里向天空极目远眺。当晚霞满天时，他看见一只黑鸟颤巍巍地飞落在大榕树上。是乌鸦还是……

这时，一位新战士捡起一根树枝，向这只黑鸟掷去，还骂道："讨厌的乌鸦，快滚开！"白雪公主用尽全身力气"咕——"地叫了一声。

尽管这声音又轻又细，而且被风儿割成几段，很快消散了，但龚排长还是听出来了，是鸽子在叫！他又仔细一看，这只黑鸟虽然像乌鸦一般黑，但再健壮的乌鸦也是畏畏缩缩的，而这只黑鸟尽管受了伤，仍然显得那么高贵又气宇轩昂。这种非凡的神采和气质，只有白雪公主才具备。"是白雪公主！"龚排长兴奋地大叫起来，"你们看，这只黑鸟的眼睛像两粒透明的红宝石，亮晶晶的，是我们的白雪公主！"

战士们仔细一看，也叫道："是白雪公主，白雪公主回来啦！"大家招着手，向大榕树奔去……

白雪公主见战士们向它拥来，感动得滴下了眼泪。它不愿带着满身污秽扑进亲人的怀抱。它知道自己不行了，但无论如何，它要在亲人赶来前洗净身上的污渍。它拼尽最后一口气，向水池飞去。

一米，两米，它的血流尽了。它又拼命张开翅膀，向前滑行了两三米，扑通一声，一头扎进水池。清清的白龙泉水洗刷着它身上的烟油和煤灰，渐渐地露出它洁白的本色……

全排战士伏在水池边失声痛哭。龚排长小心翼翼地捞起白雪公主，就像捧着一块珍贵的白玉。他解下小铝管，取出凝结着范小宇鲜血的地图……

我军英勇的炮兵按照范小宇画的方位图，很快摧毁了敌军的"红箭"导弹基地——鸡尾山被收复了。

哨所的战士们把白雪公主和范小宇一起埋葬在鸡尾山顶。他们在墓的周围种了许多白菊花、白玫瑰、白牡丹、白海棠、白茉莉、白梨花、白水仙……一年四季，墓地白花盛开，远远望去，宛如一群洁白的鸽子。

男孩与狗

[俄罗斯] 阿·苏拉卡乌里

遇到一只牧羊犬

一个面孔黝黑的男孩在街上独自徘徊着……他夹着一只旧书包,在便道的灰色石板上懒洋洋地拖着步子。他知道,有四个与他为敌的臭小子正在街角处等他。他们从早晨起就在那里窥伺他。难道他们就没别的事可干了?

男孩不慌不忙地挪动脚步。他那双眼睛黑得像葡萄,水汪汪的,还带有几分忧伤。他有时在一家店铺前停下来,看看里面,然后挠挠后脑勺,继续向前走。

一只很大的牧羊犬迈着碎步从一旁跑过,胆怯地斜视了他一眼。男孩看出它不是本城的狗,目送它远去。他昨天仿佛见过它,那时它也是这么孤零零的,一副惘然若失的样子……九月的天气暖融融的,太阳还保留着夏天的热量,一些老店铺和落满尘土的低矮房子在阳光下很像一件件挂出来晾晒的褪色衣服。

一匹马拉着车,在马路的鹅卵石上绊了一下,摔倒了。男孩看见马的膝盖屈着,蹄铁冒着火星……马车夫甩了一下鞭子,马使出全身气力想站起来,蹄铁再次冒出火星。人们叫喊着奔向出事地点,用谴责的目光望着可怜的牲口和肇事者。刹那间,敞篷轻便汽车、带篷载重卡车和大车汇集在这里,把狭窄的街道堵死了。

男孩突然冒出一个念头:何不趁此混乱之机躲开那几个臭小子呢?他撒开腿便向街角处跑去,但还没有跑上十步,突然就有人抓住了他的胳臂,用力地晃了他一下。他面前站着一个同他一般年纪的半大小子,他圆圆的脸蛋上长满红褐色的雀斑。

"你这是要上哪儿去?"

"放开!"

"普鲁兹!格奥!库尔卡!"长雀斑的小无赖喊道。

不一会儿,那另外三个小无赖也很快钻出人群。

男孩惊惶地左顾右盼,徒劳地挣扎了一阵,想把仍被雀斑男孩紧紧抓住的胳臂挣脱出来。此时,另外三个人也围上来了。

"他们干吗要缠着我不放?"男孩心想,"我走我自己的路,又没招惹谁。"

"你去哪儿?"那个脏兮兮的高个子无赖问。

"上学。"

"你听见没有,普鲁兹,上学……小崽子要上学。"

普鲁兹夺过男孩的书包,一把扔在马路上。男孩弯腰去捡,这时四个人一齐上来推了他一把,把他推倒在马路的尘土里。当他们在捧腹大笑时,男孩抓起书包,爬起来便跑,小无赖们叫喊着在后面紧追不舍。

"他们一旦追上,一定会把我揍死。"男孩在大街上边跑边寻思。后来他感到身后不再有人追了,便想停下来,但因为跑得太快,一下子还停不下来,所以只能渐渐地放慢脚步。他回头望了一眼,发现小无赖们都不见了。

男孩的心怦怦地跳,筋疲力尽地在便道上坐下,用拳头擦去眼泪。就这样,他今天又没能去上学。他满怀怨恨地朝小无赖们散去的方向看了一眼,向他们挥动拳头以示威胁,然后站起来走开了。小无赖们不让他上学的那些日子,他就去库拉河边洗澡、晒太阳,等学校快放学的时候,才穿好衣服回家。

今天又得这么过了。男孩拐向一条通往河边的小巷。

一只又大又黑的牧羊犬从一家大门洞里蹿出来,夹着尾巴从大街上跑过,几家狗叫着紧随其后。男孩认出了牧羊犬,困惑不解地想:"那些看家狗又小又矮,为什么能使牧羊犬狼狈逃窜呢?"他捡起一块石头,朝那些看家狗扔去。它们吓得尖叫着奔向大门洞,但一进入安全地带,它们马上又露出狂怒的嘴脸,狂吠不已。

牧羊犬穿过街道,在便道上蹲下,它被吓得六神无主。男孩刚离开大门,那几只看家狗又立即向它扑去,它只好夹着尾巴仓皇而逃。男孩见状,又用石块去驱散那些被激怒的看家狗。

牧羊犬浑身哆嗦不止,为了逃脱那些看家狗的追击,它朝通往库拉河的小巷跑去。

几乎每个大门洞都有看家狗在暗中窥伺它。那些狡猾的恶狗看来是结成了某个对付这只大狗的联盟,一致对它采取行动，不让它有片刻安宁。男孩挥动着破旧书包，不让它们接近牧羊犬。他只顾着去轰那些看家狗，没发现有个身材细长的小伙子已经两步蹿到了自己身后。男孩的后脑勺吃了重重一拳，又挨了一通臭骂，多亏跑得及时，才没挨踹。

他在十字街头又看见了那只牧羊犬，它缩成一团蹲在那里，仿佛是在等他。"瞧，我为你挨了一脖儿拐。"他对它说着话，又走得更近一些。狗本打算跑开，不过跑了几步又停下，回头望着男孩。

"你怎么啦？我不会欺负你的。恰恰相反，我是可怜你……这么大的块头，不知道为什么反而害怕那些小块头的看家狗。"

牧羊犬一动不动地站着，盯着男孩的眼睛。他又向它迈近一步，它却跑到一边。男孩心想："你真傻！我来找你，你却跑开。难道我不是在助你一臂之力？难道我不是因为你挨了一脖儿拐？"

接着，他问牧羊犬："想吃东西吗？"他解开书包，掏出一片面包，掰成两半，补充道，"要是想的话，我请客。一半给你，一半留给我。"

一眨眼的工夫，狗便把男孩递过去的半片面包咽下去了，又在地上嗅了个遍，也许是在寻找一些碎屑吧，接着又目不转睛地望着男孩。不过现在它不再是望着他的眼睛，而是望着他的双手。

"就这些了！"他说，"再没有你的份儿了，余下的都归我。"说着，他径直走开。不过在向库拉河走去时，他又回头望了一眼,看见狗坐在原地,还在望着他。突然,男孩看见一个提着金属网罩的人。那个人张好网罩,正偷偷地靠近狗,只要再走上几步,就能把狗给罩住。

男孩喊起来,但狗还是一动不动。怎么办?他灵机一动,把剩下的那一半面包往前面扔去;狗看见面包,马上一跃而起。

金属网在狗的头顶张开的一瞬间,它感到大难临头,尖叫着向前蹿去。网罩从它的背上滑过,哐啷一声落在便道的石板上。

男孩和狗向库拉河跑去,那个家伙捡起金属网罩,大声骂着追上前。

男孩认识这个人,也认得他那辆上面有个大笼子的"囚车"。这个人开着这辆车走街串巷,到处捕捉那些无家可归的野狗。这次他想抓走这只黑牧羊犬,但没得手。

男孩和狗从小巷直奔水边。

"你记住,那是个大恶人,"男孩对狗说,"得提防他。你要是被他的网罩住那就完了。"

河对岸有几处外形酷似旧汽船的磨坊。男孩在一本小人书里见过一幅画,上面画的是一个港湾,因此当下的情景让他想起那幅画。他常常在一块石头上坐下来,在下水之前总会对着那些磨坊看上很久、很久。

男孩把书包往石头上一扔,开始脱衣服。"你可真行,"他对狗说,"自己不来找我,也不让我靠近你。可要是今天咱俩不碰到一起,你就是另一个样儿了。"

他下到水里。"水可真凉!"男孩高声说。他先把胳臂弄湿,又把双肩和胸口弄湿,然后转身对狗说:"你要是愿意,就到这儿来吧,咱俩一块儿游。"

他走到水更深一些的地方,顺流向下游去。他就这样游过磨坊,游过木制阳台建在水面上的房子。在其中一个阳台上,有个留着红褐色辫子的小姑娘在向他笑着招手,和昨天一样。男孩没想过她今天还会出现在阳台上,更确切地说,他本来已经把她抛到脑后,现在又想起来了。他向她招手回应,而且为了表现自己游得棒,他一下蹿出水面,继而又一个猛子扎下去,只见两条被晒得黝黑的小腿在水面上一闪。等他再次浮出水面时,阳台已经在他身后很远的地方了,留辫子的小姑娘也不见了踪影。

男孩向岸边游去,这时他才发现牧羊犬这段时间一直在岸上跟着他跑。他爬上岸,冲它一乐,说:"不能游了,水冷得像冰一样。"他想摸摸它的脑袋,但它马上跑开了,"又是那一套……那好吧!随你的便。不过你要知道,我是信得过的。"

男孩冻得嘴唇发紫,急需暖暖身子,于是他提议:"咱们跑跑吧。"话音刚落,他便迅速地跑了出去,狗跟在他身后跑。他很想再看一眼河面那个方向,说不定那个留红褐色辫子的姑娘还在阳台上呢,可他的注意力一下子被岸上的四个人吸引过去了。他马上意识到这些人是谁,吓得他心脏都快停止跳动了。看见那几个小无赖径直向他扔在石头上的那几件东西走去,他知道,他们要么是拿走那些东西,要么是把它们扔进库拉河里。

男孩一开始都被吓傻了,但后来也不知是因为害怕还是因为冷,他全身颤抖着,犹豫不决地向前迈出几步。他看见他们在步步逼近那几件东西,那个长雀斑的男孩一脚踢飞了书包,只听见啪的一声,书包落在水边的沙滩上,过不了多久,衣服也要遭此厄运。

男孩实在忍无可忍,拔腿便向前跑,不过他还是不敢太靠近那些人,只大老远地喊道:"不许动!那是我的衣服。"

"你的衣服?那又怎么样?"普鲁兹回答。

"我们要把你的衣服扔到水里去!"高个子说。

男孩几步跑上前,抓住自己的衣服,然后弯腰去够书包。四个人立马向他扑来,将他推倒在地,夺走了他手里的东西。

就在这时,几声威严的咆哮声从小无赖们的身后传来。四个小无赖回过头去,看见一只高大威猛的黑牧羊犬在他们面前发威吼叫。小无赖们的脸色一下子变得煞白,惊恐地面面相觑,急忙扔下男孩的衣服。

狗还在咆哮。刚才被吓得颤抖的男孩,这会儿已经站起身,他很快穿好裤子和上衣,还在石头间找到鞋,这时他才转过身对小无赖们说:"这下你们还有什么好说的吗?"

四个小无赖吓得全身发抖,惊恐地望着咆哮的牧羊犬。男孩甚至都没想过报复他们,只是得意扬扬地要回了自己的东西。当然,他也明白了一件事:只要牧羊犬同他在一起,那几个小无赖就不敢对他怎么样。

"咱们走!"他对牧羊犬说。

狗顺从地跟着他走了。

在他们进入大街之前,他一次也没回头。他不知道那些小无赖是已经走了还是仍待在河岸上。他只知道,他们现在既不敢躲在一个地方窥视他,也不敢在后面悄悄尾随他,所以现在他敢昂首挺胸地走了。他有时候转头去看牧羊犬,它那双乌黑的眼睛里流露出感激之情。他们就这样走出了那条小巷。

那些看家狗曾企图再次向牧羊犬发起攻击,可是它现在已经跟原先大不一样了。它信心十足地紧跟着男孩,朝那些放肆的癞皮狗吼叫,试图震慑它们。它甚至还咬了其中一只狗一小口,那只倒霉的看家狗发出几声狂怒的尖叫,悄悄地溜走了。

快走到家门口的时候,男孩犯难了。这只狗该怎么处置呢?我不能带它回家,但也不能把它留在大街上。

"唉,我现在该拿你怎么办呢?"他转身对狗说,"要是带你回家,邻居们肯定会气得发疯,他们肯定要追问我是从哪儿弄来这么一只大狗。你要是小一些就好了……现在我该把你搁在哪儿呢?"

狗感到伤心但是理解地望了望他,然后耷拉下脑袋。他俩在大门口停下来。男孩探头往院子里瞧了一眼,女邻居正在水龙头下洗衣服,一只杂色猫在阳台的矮栏杆上舒服地打着呼噜。院子小而舒适,里面铺着鹅卵石,四周是阳台和走廊。邻居们一天中大部分的时光都是在院子里打发的,他们在这里聊天、斗嘴、玩牌和休息。

男孩明白，牧羊犬的出现肯定会搅得四邻不宁。这里很久没人争吵了，宁静的气氛使人感到有些沉闷。看来大家都盼着能有人改变一下这种冷清的局面。

"要是它还小，"男孩心想，"我就可以把它揣在怀里，他们也就发现不了。"

这时，狗也朝院子四周环顾了一番，然后趴在男孩的脚边，将两只前爪叠放在一起，把脑袋枕在上面。

"你不喜欢这里？"男孩问，"确实，院子要是大些就好了。好吧，你在这里等着我。我先进去看一眼，马上回来。"

男孩刚进到院子里，狗马上爬起来，也跟着他进去。

"嘿！"男孩高声说，"这样可不行……再说，你得跟我到什么时候？"他想了想，又补充道，"依我说咱俩是不是最好分开呢？你走你的路，我走我的道。我很感激你。你大概也是这样想的吧？"

然而牧羊犬还是一动不动。它紧张地注视着男孩的一举一动，只要他进院子，它就跟上，男孩停下，它也停。

这时，捷多大叔走进院子。这是个老爱抱怨的老头，是个让猫和鸡都发怵的人物。就因为猫和鸡，所以他一直跟邻居们骂个不休，而且似乎还嫌不够，他还经常会给某些地方写信告状。

一看见捷多大叔，男孩魂儿就吓没了。

"是谁把这只牧羊犬弄到这儿来的？"老头立马问。

"我不知道，是它自己跟上我的。"

"那就让它滚吧!"老头说着,向狗挥舞棍子,要把它轰出门外。

男孩不敢回头看,便快步向楼里走去。他把书包放在走廊里,进了屋。

"你回来了,儿子?"母亲问。

"是的,我回来了。"

"为什么回来这么晚呀?"

"我走得慢。"

"坐下来吃饭吧……"

男孩挨着窗口坐下。他扒开窗帘,偷偷地朝院子里瞥了一眼——狗不见了。

它很可能被别人赶走了。想到这里,他觉得自己很对不起这只孤苦伶仃的野狗。它在这座对它怀有敌意的城市里被他抛弃了。

母亲把一盘吃的放在他面前,问:"你说走得慢,为什么头发那么湿……你跑着回来的?"

"跑了一小会儿。"男孩开始懒洋洋地往嘴里塞东西。

男孩想:"现在它肯定又会怕那些看家狗了。不过这还没什么,要是那个带着网罩的家伙把它抓住,那就完了。可它长得多高大啊……真大!"

他又偷偷地瞥了一眼院子。敞篷汽车从大门外掠过,大车辚辚,行人匆匆,独不见那只黑色牧羊犬。

"你怎么啦,儿子?是不是哪里不舒服?"

"没有,妈妈。"

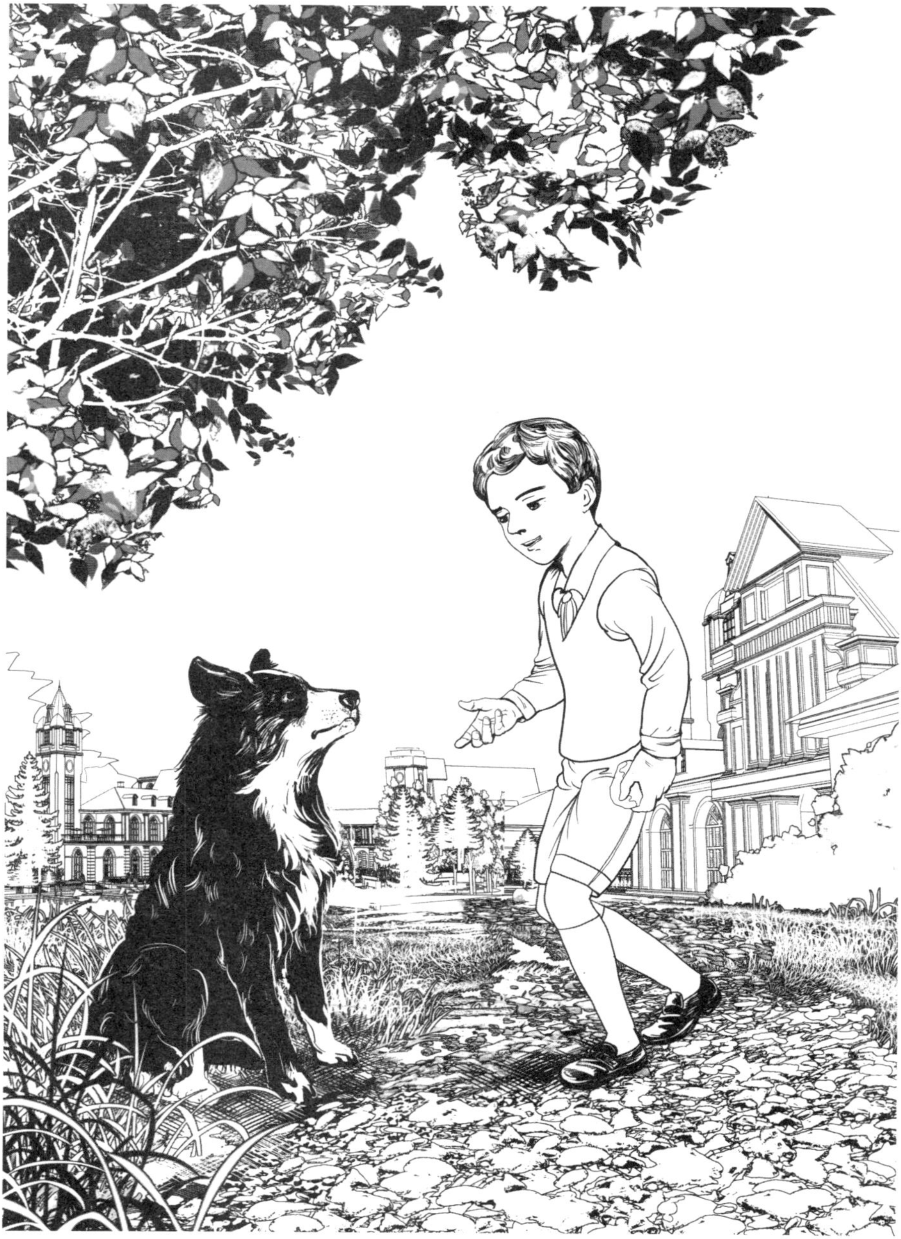

"你是不是累了，怎么什么也没吃？"

男孩想着，它要是不走就好了，可以让它住在杂物棚里，他自己来照看它，因为它没地方可去。

他吃完饭，就往兜里塞了一片面包，向院子大门口跑去。原来牧羊犬一直在大门外趴着。它把脑袋枕在叠放起来的前爪上，满脸愁容地望着大街。一看见男孩，它就一跃而起，摇起尾巴，眼睛开始放光。

男孩从兜里掏出面包。

"可怜的……你一定饿了吧！唉，不过这一小片面包够你吃吗？"

狗带来的风波

男孩猜对了，牧羊犬的出现在院子里掀起了比他想象中还要大的风波。院子里连日的宁静终于被打破，邻居们异口同声地要求他把狗弄走。"院子那么小！人待着都不够。"他们说。

但是男孩还是把狗领进了杂物棚，锁上了门。

狗一来，院子里果然不得安生，像个受惊扰的鸡窝。邻居们怒不可遏地挥动着胳臂，表示他们的愤懑。可这都不能影响男孩的决定，连妈妈的劝阻也无济于事，男孩执拗地说："狗是我的，我的狗不碍别人的事。我自己来照看它。"

狗被安置在杂物棚里，里面悄然无声，它大概是被之前的局面吓破了胆，只在角落的那堆破衣服上一动不动地趴着。晚上，男孩来到杂物棚，把一碗吃的放在它面前，满意地看着它吃了下去。

"你叫什么名字？"他问，仿佛相信它会回答。

"库尔沙？……要不叫穆拉提。还是叫你穆拉吧！感觉这个名字更适合你。穆拉……挺好的名字……你会习惯的。"

狗显然没听男孩在说些什么，它正神情怆然地吃着东西。

"你的父亲，你的爷爷，也叫穆拉……你们都叫穆拉。这种情况很常见。就说我的爷爷吧，他叫格奥尔基，我父亲也叫格奥尔基。我暂时还叫吉亚，可等我一长大成人，大家就会叫我格奥尔基。你的脸上写着你叫穆拉……好吧，晚安，我走了。只是你别叫唤，你自己也看见你今天惹出了多大的乱子。"

第二天一大早，男孩把狗从杂物棚里领出来，一同上学去了。那四个小无赖照常在街角窥视他，但是谁也不敢再出来挡他的道了。

男孩从一旁走过去，当他们是空气似的，瞧也不瞧他们一眼。那几个小无赖咬牙切齿地目送他们远去，什么话也没说。

狗在校园里等候男孩，一下课他便跑下楼去找它。课间休息时，他把早点拿出去，平均分成两份，一份喂狗，一份自己吃。

就这样过了好几天。有一次，男孩课间休息时跑到楼下，却没找到狗。有人告诉他，不知是保安，还是看大门的，把狗赶走了。

男孩跑到大街上，看见牧羊犬正缩成一团坐在那里左顾右盼。

"我该拿你怎么办才好呢？"他对它说，"大家都要轰你走。不过你还是先吃点东西，然后咱们再想办法，看下一步如何是好。"说着，他将一块面包掰开扔给狗。

"只好把你先送回家……不能把你留在大街上，否则你可能会被人抓走。你在这里等我一下，我回去拿书包。我知道自己明天会因为逃学而挨罚，但是也没办法……我不能扔下你。"

男孩和狗又一同走回家。"妈妈说你可能是只牧羊犬，可能牧羊人带着你一起把一群羊赶到城里，而可怜的你却落在后面迷路了。我也一眼就看出来了，看你那慌慌张张的模样，就知道你不是城里的狗，再说，过去也没人见过你……"

狗跟在新主人的后面，忧郁地望着前方。看来男孩的话唤起了它对一些人以及对山坡上羊群的回忆，因此它变得心事重重。它没准还真的是在想念那些山，而且除这个男孩外，再没有第二个人能理解它的心事。

他俩默默地走了很久。男孩本来还想说些什么，但也不吱声了。他其实有很多话要说的，比如说说每天在街角窥视他的那四个人。他们有两天没出现了，那四个小无赖是从哪儿钻出来的呢？

最开始出现的是那个脸上长雀斑的。他俩无意中在街角碰上了，彼此打量了一眼。雀斑男孩显然对男孩有成见。他问:"你叫什么名字?"

男孩回答了,然后反问:"那你呢?"

"滚!离开这里!"

男孩想走,可不知道为什么没走成。很可能是因为对方的回答让他有些不知所措。

"怎么样,让我揍你一顿?"

这个提议也使男孩手足无措。两个人在马路的尘埃中滚动起来,你揍我,我咬你,像猫一样互相乱抓乱挠。可是雀斑男孩为什么要揍他呢?

男孩满身都是泥土,这副模样是去不成学校了。于是,他哭着转身回家了。

第二天,那四个小无赖已经早早地在街角等他了。

男孩想把这些都告诉狗,但他忍住没说。既然还有机会,干吗要这么迫不及待呢?于是他俩默默地走着,各自想着自己的心事。

快接近街角时,男孩一眼就看见那四个小无赖……他们跟往常一样靠墙根站着,脚边卧着一只尖腮、尖耳朵,酷似恶狼的灰狗。那几个家伙小声交谈了几句,让狗爬起来,挑衅地走到便道中间站着。现在男孩看清楚了,那也是一只身高体壮、强劲有力的牧羊犬。他吓坏了。他看了一眼自家的狗,它正垂着脑袋跟在身后,完全没意识到危险。

距离敌人还有十来步时,男孩向后一闪。狗一开始困惑地瞥了他一眼,停下来不再往前走,然后才抬眼往前看,身上的毛突然奓开。小无赖们的牧羊犬正咆哮着向他们靠近,男孩的黑狗也龇着牙吼叫起来。两只狗相互嗅着,围着对方走了一圈。

在巨大的吼叫声中,灰狗先发制人。

男孩眯起眼睛,用双手捂住脸。他听见厮打的响动和牙齿碰撞的咔嚓声。

狗在咆哮……

狗在狂吠……

男孩把手拿开,睁开眼睛。空气中尘埃滚滚,他都看不清哪只狗在上,哪只狗在下,只看见一团线球似的东西在马路上滚动,两只狗都不让对方爬起来。

那几个小无赖在周围跑来跑去,大声嚷着给他们的灰狗加油。四周围着一群看热闹的人,也都在为那只灰狗着急,没有一个人站在黑狗这一边。

男孩心想:"是因为我的狗更厉害,所以大家才站在灰狗那一边……"

一个由黑毛和灰毛织成的"线球"在大街上的尘埃里滚动中,痛苦的叫声震人耳膜,但是围观的人都很兴奋。

男孩脸色苍白,呼吸急促。就在他已经准备好投入战斗时,黑狗突然从尘埃中站起来,人群变得鸦雀无声。灰狗一动不动地趴在地上,黑狗咬住它的耳朵,两只前爪摁住它的前胸和脑袋。

"把它轰走!它会咬人的!"有人喊道。

"把它轰走!"

"往它身上泼水!"

"穆科来了！狗贩子穆科来了！"

男孩打老远看见一辆载着笼子的大车开了过来，一下子便明白了这个穆科是干什么的。他撒开腿向自家的狗跑去。人群中爆发出一阵哄笑，但男孩根本就没想过要扔下狗。

"咱们快跑！"他冲它喊，"穆科来了！他会把你抓走的！"

黑狗抬起头，那双前爪继续将负伤的敌人按在地上。

"快！"男孩又喊一声，"快！穆科会把你抓走的！"说完撒腿便跑。

黑狗直到现在才向四周环顾一眼，它看见吵吵嚷嚷的人群，吓得赶忙跟着男孩跑走了。

男子汉的坚定

男孩和狗在街上拼命奔跑。他听见身后传来车轮的撞击声和马蹄声，回头一望，看见马路上跑着几匹马，后面拉着一辆辘辘作响的带笼子的大车。穆科坐在车上，一只手松开缰绳，在头顶上挥舞鞭子。

男孩和狗拼命跑。身后的车轮声越来越响，男孩听出是穆科在追他们。狗也明白了这一点，往前冲进院子。

大车径直驶向大门。男孩再也跑不动了，被绊了一下，倒下了！书包从他的手里飞出，落在前方。

大车轰隆隆地从一旁驶过，停下。男孩跪在地上。他看见穆科跳下车，拿出网罩，快步向他走来。奇怪，男孩意外地看清了他的光头、细长的黑眼睛和一大把胡须。胡须渐渐逼近,越来越清晰。

"这是谁家的狗?"穆科走过来问。

男孩什么也没回答。

"谁家的狗?问你呢。"

"我的!"

"你的?是从哪儿弄来的?"

"我的!"

"从今天起就不再是你的了!"

"我的!我的!"泪水从男孩的眼眶里涌出来。他放声大哭,跪在那里死死抓住网罩,不让穆科进大门一步。

"喂!松开手!"这个靠剥兽皮为生的家伙大声喊道。

"我的!我的!我的!"男孩拼命喊叫。

邻居闻声赶来。他们看见男孩跪在地上,又哭又骂地扑向穆科,但弄清是怎么回事后,又纷纷退了回去。

男孩的母亲来到院子。她不知所措地看着穆科,又看看抓住网罩不放、哭得呼天抢地的儿子……

"出什么事了?怎么回事?"母亲被吓得够呛,问道,"你怎么了,孩子?"

"谁家的狗?"穆科平静下来问道。

"我不知道。"她把儿子的头搂在怀里回答,"我儿子领回来的。"

"它是一只野狗。"穆科说。

"大概是吧。"母亲表示同意。

"我的!我的狗!"男孩喊道。

"它有号牌吗?"穆科不慌不忙地问男孩,看上去挺像个行家。

"什么号牌?"男孩感到很莫名其妙。他用拳头擦擦眼泪,他满脸都是泪痕。

"一只野狗,哪里来的号牌!"一个邻居插话。

"是一只野狗,肯定的……"有人在随声附和。

"这么说,没有号牌……"穆科沉吟了一会儿,"我得把它带走。"

"什么号牌?"男孩又问。

"城里不许养没有号牌的狗。"

穆科打算进院子,但男孩从母亲怀里挣脱出来,又挡住了他的道。

"大叔!我明天就去买号牌。狗是我的!"

"号牌是买不来的!"

"那我去弄一个!你别把狗带走!好大叔!我求你了,狗是我的!"

此时母亲再也忍不住了,说:"狗属于我儿子!从今天起,狗就是他的!"她脱口而出,"你给我滚!听见没有?"说着,她态度凛然地向穆科走去。

"它要是没有号牌,我早晚会把它抓走。'躲得了初一,躲不了十五'。"穆科唠唠叨叨,很不情愿地向大车退去。

邻居们不声不响地离开,显然是对这个结局不满意。很快,他们恼怒的话语从阳台上传来。他们在上面恶狠狠地瞪着杂物棚门后的狗。不用说,它已经意识到这场风波都是它引起的,所以它才愧疚地望着大伙儿。

男孩走到它跟前,这才发现它的脑袋和脖子上都是血。他蹲下来,把手放在它的脑袋上。狗安静下来,微微合上眼。

"不用害怕,"男孩说,"明天你就会有号牌,以后谁也不敢动你了。不过你知道号牌是个什么玩意儿吗?我也不知道,不过这也没什么。妈妈没准儿知道,她会帮助我们的。"

男孩被母亲叫进屋,但很快就回来了,他给狗端了一碗吃的,自己则在旁边的一只旧桶上坐下来吃饭。

"你吃吧。你今天表现得真不赖,说不定你以前跟恶狼也打过架吧。你今天的对手也是够厉害的了。"男孩说道。

狗还在埋头吃东西。

男孩接着说:"咱们倒是要看看那四个小无赖明天又会玩出什么名堂,也许他们会带上两只狗来。不过这吓不到你。就算是带三只狗来,也敌不过你,因为你力大无比。你看吧,我也会变得力大无比……我多么想长些力气啊……"

牧羊犬把碗舔干净后,趴在那堆破衣服上。它看上去很疲倦,站着都感到吃力。

"我告诉过你,咱们还要到库拉河去。当然,如果水不凉的话……就是凉,咱们也去。河对岸的阳台上,有时站着一位留着红褐色辫子的姑娘。我从一旁游过时,她总会向我招手致意;要是水太凉,咱们就在岸边向她招手,她会看见的。到时候我将给她打手势,告诉她我就是曾经从她旁边游过的那个男孩。她一定会知道我是谁,并向我招手致意,说不定还会笑一笑呢。"

母亲又来叫男孩了。

"你快睡吧,你累了。晚上我再来,咱们也许还得去散散步呢,我带你去库拉河。"

第二天,男孩没去上学,他得去办号牌。没想到给狗办号牌的手续竟如此烦琐。兽医得给牧羊犬检查,看它是不是条疯狗;然后又叫他到另一个地方去,在那里等了很长时间;等到他以为一切都已就绪,却又被告知,他得征得邻居们的同意。男孩咬住嘴唇,努力不让眼泪流出来。

他闷闷不乐地回到家。母亲心疼儿子,她亲自去走访了邻居们。经过长时间的谈判,几乎所有人都同意收养牧羊犬了。

第二天,男孩一大清早便出了门。他紧紧攥着有邻居们签名的那张纸,等了很长时间,时间慢得令人心烦。男孩紧贴墙根,两只脚不停地交替着站在那里等候。人们不断从他身旁走过……他们三五成群地站在一起,交谈、吸烟,然后散开,各走各的路。男孩却一直固执地站在那里等候。他眼皮发沉,眼睛不由自主地闭上,脑袋靠在墙上……

男孩梦见了库拉河河岸,梦见他把狗留在石头中间,自己跃入波涛之中。波涛大而暖和。他被波涛高高抛起,紧接着被急速冲上前去,气都喘不过来。然而他一点儿也不觉得害怕,反而感到很舒服。磨坊的大磨盘在转动,只是轰隆声听起来不再像往常那样恼人,反而更加悦耳动听。

波涛将他送到那座熟悉的阳台前，悬挂在河面上的阳台上空无一人。突然，有个留小胡子的谢顶男人的身子跨过栏杆。他有一对细长的黑眼睛，他的胡须长得很快，有一端已经触到水面。男孩吓得用尽全力向岸边游去，岸上已不见狗的踪影。他双臂划得更快。一个浪头把他抛向另一个浪头。岸上的石头长大了，变成高大的山……

"小孩儿！小孩儿！"

他擦了擦眼睛，面前是个陌生女人。

"你在等谁？"

他回答了那女人的问话。

十分钟以后，男孩已经在往家跑。他高兴得两腿不沾地似的飞跑，右手攥着一个带窟窿眼儿的圆牌子。这就是号牌，洋铁皮上印着一些他看不懂的字母和数字。

这代表着自由，狗从此就可以在大街上自由自在地走动了。

虽然现在它还被锁在杂物棚里，但他很快就会回到家，给狗的脖子上套上他的旧皮带，再往皮带上拴好号牌。从此以后，无论穆科，还是邻居和学校看大门的，谁也不敢再动他的狗了……他猛然想起，灰狗的脖子上也挂着这么一块号牌。

他在住宅楼的大门口站了一会儿，气喘吁吁的，但脸上洋溢着幸福的笑容。他自己也弄不清为什么会笑。他在大街的尽头发现了那四个小无赖。他扬起拳头吓退他们，不过脸上还是挂着笑。

男孩跑进院子，院子里鸦雀无声。突然，他的脑袋仿佛让重物击打了一下，眼前一阵发黑——杂物棚的门敞着。他清楚地记得自己走的时候是锁着的，可现在杂物棚的门大开着。他轻手轻脚，小心翼翼地走过去，在门口停住了脚步。杂物棚里空空的，有一股潮湿的气味。

男孩两腿发软，他脸朝下倒在石头上，放声大哭。

邻居们出现在阳台上。就是没见着母亲，她大概是不在家。有人向他走来。

"我的狗在哪儿？"他压低声音问。

没人回答。他感到有只沉重而冰凉的手搭在他的肩上，但他没转过身去看是谁的手。

"我的狗在哪儿？"他又问，只是不知道自己是在问谁。

他望着阳台。邻居们默默地躲避他的目光，没人回答他的问话。

男孩奔向大门。那四个小无赖站在大门外，脸上是讥讽的微笑，可一看见他，笑容顿时就消失了。

"狗到哪儿去了？"

那四个孩子赶紧跑开了。

"它在哪儿？"

"穆科把它抓走了。"雀斑男孩小声说。

"是你们把穆科领来的？是你们开的门？"

他们看了彼此一眼，又看向他。男孩抓住两个小无赖的衣领，将他们往墙上撞去，把他俩都打倒在地；等他转身想收拾另外两个小无赖时，却发现那两个人早就跑了。他不屑地朝被他打倒在地的两个人斜了一眼,走开了。

男孩独自一人走着……

这个面孔黝黑的男孩攥着那个洋铁皮小圆牌,在街上坚定地大步走着,全身透出一股男子汉的豪气。

(粟周熊　译)

放牧滇金丝猴

杨保中

亚洛遇险

考察队来我们萨马阁村拍摄滇金丝猴，我们事先嘱咐他们要轻言细语，摄像机也不能乱晃，以免惊到滇金丝猴。然而一见到那漂亮得极像人的"扎米"（傈僳话：猴子），扛摄像机的小李就忍不住激动得像直播足球赛那样，跟着猴子狂跑，结果不但一个镜头都没捞上，还惊得滇金丝猴向亚洛方向跑了。小李很丧气，我这个向导更生气。

我是白马雪山出了名的猎人，百步穿杨，弹无虚发，不知曾有多少雪豹、熊、麋鹿、獐子、野猪等倒在我的枪口下。近年来政府号召保护野生动物，我主动放下猎枪，尽我所能积极参与保护工作。

萨马阁很小，它只是白马雪山一处小小的"最高最好的放牧场"，小到少有外地人知道它，然而它在学术界名气可大着呢。

1890年，法国的一支动物采集队在此获得七只滇金丝猴标本，并将它们全部运回并珍藏于巴黎博物馆。此后半个多世纪，外界再没有得到任何有关滇金丝猴的消息，都以为滇金丝猴灭绝了。1962年，中国学者在野外考察中又发现了滇金丝猴的踪迹。1999年昆明世界园艺博览会,由我们萨马阁送去的吉祥物滇金丝猴"灵灵"轰动了世界,这表明滇金丝猴不但没有灭绝,而且生活得很好。

因为此事,社会各界掀起一股保护滇金丝猴的热潮。

滇金丝猴可漂亮啦,一双水灵灵的大眼睛,肩披长似蓑衣的灰黑色细毛,嘴唇儿红得好像涂了红色唇膏,雄猴的嘴唇尤为鲜艳,背部的毛多为灰黑色,前胸、腹部的毛洁白如雪,腰到臀部长着一圈白毛,像穿了一条白色短裤衩儿。因此,我们当地的傈僳人又称它为"穿白短裤的扎米"。

因为它极通人性,又温顺灵敏,与我们一起生活,一起忍受雪线附近的高寒环境,所以我们傈僳人把它尊为"祖先"。关于它,有一段有趣的传说。相传有一回山外人请祖先做客。他欺负祖先没见过铁器,让他在刚刚出炉的砍刀上落座,结果,祖先的裤子被烧烂,屁股被烙得通红。这本该很尴尬,可是聪明的祖先自己动手缝了一条白短裤,搭配白褂子黑坎肩,甭提多漂亮了……这个"祖先"就是滇金丝猴。

小李是一名来自昆明的记者,他此行的目的是要促成滇金丝猴自然保护区的早日建成。

亚洛是滇金丝猴神圣的"产房",即使是滇金丝猴也不敢随便进入,更不用说人了。一年四季,只有在夏季才能进入。其中原因很多,最重要的是除了夏季,那里常有滇金丝猴的天敌雪豹出没。

然而,小李竟然提出要跟着滇金丝猴到亚洛去拍摄的要求。我不好明说,只婉转地说那样做只会把扎米赶得更远,

"心急吃不了热豆腐",我建议他在萨马阁好好待着,滇金丝猴用不了几天就会回来。考察队的大个子"眼镜"也跟着点头,哪知道这愣头青说他的时间有限,便独自一人扛着摄像机往亚洛跑去。这弄不好就是把滇金丝猴往豹口里送呀!我生气地往火塘里丢了几根柴,火光照耀着我眉头紧锁的黑脸膛。眼镜担心地追了过去。眼镜一动,我再也坐不住了,要求代替他跟过去。眼镜在萨马阁待很长时间了,帮我们研究和保护滇金丝猴,是傈僳人的好朋友,我哪能让他去冒险!

亚洛是白马雪山地势最陡、森林最密的大山谷。

虽然已到五月,其他地方的杜鹃花已开得很热烈了,但这里山高水冷,杜鹃才长出花骨朵儿,雪水才开始消融。云遮雾障的大雪山,神秘深沉。云雾山中,与耸入云天的巨大杉林交织缠绕的是冉冉杉萝。云雾忽而集体聚到杉林上,忽而又一团团散开,黢黑的巉岩不时探出头来,又不时缩回脸,亚洛遍地藏着凶险。

热情极高的小李丝毫没有退意,见我跟了上来,他越发来劲儿了,我只好不紧不慢地跟着他,怕他出事。

尽管春天姗姗来迟,但亚洛遍山的杉林都吐出了滇金丝猴喜欢吃的嫩黄的苞。面对如此丰富的食物,金丝猴却既不采食也不大声啸叫,而且越接近亚洛腹地越不发声。我们进退两难,神色惊恐,我的眉头拧成一团。亚洛深箐底突然蹿出几只棕色的盘羊,它们在那站着不动。我扯了扯小李的衣襟,小李马上把镜头调了过来,还小声地欢呼:"岩羊,岩羊!"他根本没察觉到潜在的危险,更没弄清楚那是我向他发出的警告。

盘羊与岩羊同属羊亚科，大多为棕黄色，与一般的岩羊不同，盘羊的双角不向内弯曲，而是打了一个结似的向前挺立，防御的威力比一般岩羊的大。几只盘羊互相挤靠着，竖起耳朵，仰头四处张望。想来它们是受到什么威胁了，但为什么不急忙逃走呢？森林静悄悄的，奔逃的滇金丝猴在耸入云天的雪杉顶端举棋不定、四处观望，而岩羊则目不转睛地抬头盯着滇金丝猴。这些家伙要干什么？难道它们之间有相通的语言，或者有相互依存的关系？

小李有些不解，我也懒得解释，只低声命令道："把摄像机拿好马上下山。"小李这才感觉不妙，不得不把摄像机紧紧地夹在腋下，做出一副委屈听令的样子。

大雪山仿佛凝固了，万籁俱寂，黝黑的大森林让人觉得恐怖，我紧紧地盯住树上的滇金丝猴。突然，一只"望山猴"发出一声低沉而有力的吼叫。顿时，滇金丝猴一只随一只地从一棵树晃向另一棵树，一晃有三四十米远，箭一般向北窜逃。与此同时，树下的盘羊也一只接一只地向"望山猴"逃的方向奔走，山涧响起百万大军奔跑似的巨响。然而一瞬间，所有的声音又都没了，所有动物都消失得无影无踪。

我也拽起小李往滇金丝猴逃走的方向大步狂奔。我俩从山崖上跳下，挂在树枝上，又滚到雪地里，最后在一堵巨崖下停了下来。

不知道过了多长时间，也不知道跑过了几座山、几条沟。总之，森林在经历一番闹腾后再次寂静下来，寂静得令人毛骨悚然。

小李到这时总算明白我们遇到了强大的森林杀手——一种很有杀伤力的野兽。可那到底是什么呢？我们无从知晓。我们根本没办法于云雾山中看见它，但却能感觉到它的存在。好在小李是与我这个白马雪山最好的猎人在一起，好在这一切都结束了。

小李垂头丧气地跟着我往山下走。为了照顾他的情绪，也为了预防潜在的危险，我一把夺过他手中的摄像机在前头开路，小李心情不佳地慢慢跟着，我没有时间跟他解释，因为危险还没有过去，说不定什么时候还会降临。

我没带任何武器，连一架弩弓或者一把匕首都没有。因为进入滇金丝猴的"产房"不能携带任何武器，这是祖辈传下来的规矩。小李昏头昏脑地走着，他的时间很紧，有很多采访任务，的确不容易。我同情地回头望他一眼，不好，一头硕大的棕熊正追赶小李呢！

显然，刚才的一番闹腾惊动了棕熊，火气十足的它又迎面撞上小李。我的脑子飞快地转动起来，这里没有可以利用的有利地形，四五个人才围得过来的巨大云杉林又挡住了我们的去路，根本逃不了，难道就这样眼看着小李送死吗？我懊悔没带武器，小李怎么说都是为了保护滇金丝猴来的呀！昏头昏脑的我猛地撞在一棵大铁杉上，撞得我两眼冒金星，却也撞出一个好计谋。我对着小李大叫一声："快跟着我！"小伙子身手敏捷，三两步蹿了上来。令小李没想到的是，我竟然领着他围着那棵巨大的雪杉，像瞎骡拉磨一般转起圈来。

于是，一个滑稽的场面出现了：两个人在前，一头熊在后，三个昏头昏脑的家伙，像推大石磨般浑浑噩噩地转起了大圆圈。要是谁的速度快一些或慢一些，后果都不堪设想。然而，小李是幸运的，因为有我在，所以他绝对不会受伤。深知自己的责任重大，我这老头不能放慢速度，小李又累又紧张，他的双腿快提不起来了……好不容易，预料中的情况出现了，大棕熊跑得心烦了，离开"磨"，丢下我俩走开了。与熊转磨，是赤手空拳的人类自救的好法子。

小李顿时累瘫在地，仰面朝天地大口喘着粗气。

我俩脱险了。

小李这次的贸然行动，将考察滇金丝猴的时间推迟到了半年后的秋末冬初。因为过了仲春，白马雪山诡异的雨季很快就会到来，想拍到滇金丝猴是不可能的。

后来我们得知，那天引起亚洛动物群体骚动的果然是雪豹。

雪豹是国际濒危、国家一级保护动物，全身灰白，布满黑斑，尾长大约与身长相当。它活动在雪线附近，以盘羊、金丝猴为捕食对象，是一种隐蔽性极强的猛兽。事后我们发现，那天有好多只滇金丝猴被它捕食。

亚洛有最好的高山草场，是盘羊极佳的栖息地，但由于那里地形复杂，常有雪豹埋伏，极易遭遇不测，所以春季它们很少去那里。滇金丝猴与同样稀有珍贵的盘羊是好友，它们生活在一起，互相关照。滇金丝猴在树上站得高、望得远，对敌害观察得一清二楚,而树下的敌情可从盘羊的动态上得到反映。"眼镜"分析说,这是动物的一种共生现象。我也是从滇金丝猴以及盘羊的出现及时地预知了潜在的危险。

拍到滇金丝猴

刚到秋末,小李一行又迫不及待地来到萨马阁村,受到惊吓的滇金丝猴群已恢复过来。

这回小李很听话地在我指定的滇金丝猴出没之地搭好窝棚,可他们还来不及架好摄像机,滇金丝猴已闯了过来,以至他们手忙脚乱地拿出摄像机,追着猴子背影拍,当然又一无所获。

因为前车之鉴,所以考察队下午都撤回村子,而小李坚持一个人睡在窝棚里。我劝他一同下山,但他坚持要尝试野外宿营的滋味。我不好再多说,深知没有人能熬得过亚洛恐怖的夜晚。果然如此,那一夜可把小李吓惨了,野兽围着窝棚吼叫一夜,还试图钻进窝棚里去,为了双重保险,小李只得在窝棚里又支起一顶帐篷。待大伙到来时,他已吓出一身虚汗。大家见状开心地笑了一阵,但还是很佩服小李的敬业精神,一夜没合眼的他仍然坚持拍摄。

我领着小李在一个极佳的位置隐藏起来。

小李很快架好摄像机,全神贯注地等着滇金丝猴闯入他的镜头。我劝他休息一会儿,因为还没到滇金丝猴出现的时候。然而小李还是不改犟脾气,坚持进入预备状态,可惜滇金丝猴就是不肯赏脸。秋末的白马雪山寒风凛冽，不一会儿冻得他不得不挪到一个向阳的地方休息。小李太累了，刚坐下，就打起呼噜来。我边心疼地瞧着他，边抽起烟锅。还没抽一锅烟，小李就大叫着跳了起来，极为痛苦地把自己的裤子扒了下来。

大家都觉得好笑，大白天的当众扒什么裤子呀？只有我清楚小李遭遇了什么。

都怪我不好，没及时提醒他，在白马雪山不能长时间待着不动晒太阳。我抽出别在腰间的匕首，拽紧小李的大腿，而小李已经满手是血，这一来搞得大家都很紧张，不明白发生了什么事。眼见扒下裤子只剩一条短裤衩的小李，大腿正不停地淌血。再仔细一瞧，他右腿内侧鼓起一个大大的包，血就是从那儿不停地流出来。原来，一只豌豆大的马鹿虱钻进小李的大腿，正叮住他的血管狂吮呢。在白马雪山，这是一种很可怕的吸血鬼，最喜欢吸马牛羊与马鹿一类动物的血，对付它的办法就是不停地抖动身子，让它无法贴紧躯体。我紧抠小李腿上的那团血包，用匕首把马鹿虱硬从小李的大腿内挖出来，又用烟锅油往他伤口上抹，一会儿疼止住了，血也止住了。

这一场面让大伙头皮发麻。小李委屈地说："我为了保护滇金丝猴，天天往山上跑，可是白马雪山却一点不保护我，还让马鹿虱来咬我，真倒霉。"眼镜说："谁叫你不听劝，自作主张是要付出代价的。"

那天，滇金丝猴又没出现，可能我们又让它们受惊了。

虽然这让考察队很郁闷，但也给大家一个休整的机会。小李乘机回到维西县城去取从昆明运来的新设备，正好恢复一下体力，好投入下一次的考察。看来，他也学会耐着性子了。

这一等，过了秋末，到了初冬。

冬季来了，云南进入旱季，滴雨不下，滇金丝猴不能再像夏季那样在树枝上饱尝雨水，而必须下地找水。我让孙女盯紧后山的水塘。一天，她报告说水塘边出现几只滇金丝猴。机会来了，考察队再次进山。小李与眼镜选择一棵百年大铁杉树，在树下用树枝和松针搭起一个简易的隐蔽棚。几组镜头同时指向那清澈的泉眼。时间在大伙的等待中静静地流淌，一分一秒长得好比一年一月。三个多小时都没有一点动静，大家都蹲得四肢酸胀、头脑发昏，但猴子还是没来。我祈祷着：滇金丝猴，我的老祖宗，你快出来呀。

来了，来了，滇金丝猴总算出现了。

还没见到滇金丝猴的踪影，棚子就开始剧烈地晃动，如地震一般。尘土随之飞扬，树林籁簌作响。小李紧张地瞧着我，我示意他不要出声。小李正疑惑不解，只见一只滇金丝猴从天而降飞到距他不到十米远的地方。人猴四目相对，滇金丝猴一反往常的胆怯，瞪着眼睛，向我们发出尖锐的警告。与此同时，棚子已被滇金丝猴占领。更让小李他们吃惊的是，有十多只滇金丝猴正目光如炬地怒视着他们，它们个个都是身高体壮的雄性滇金丝猴，比小李这个运动员出身、扛摄像机的还强壮。那滇金丝猴似乎在嘲笑说：哼，你们人类别自以为多聪明，其实你们的计谋全让我们识破了，只要敢动弹，我就给你好看。受惊的滇金丝猴会抓住闯入它们当中的猎人的四肢，把他们撕得粉碎。鉴于之前的经验教训，小李这次乖巧多了，他一动不动地站着，连瞧都不去瞧它们。猴子们这才放弃敌意，离他而去，抢着喝水去了。

一时间，沟谷里布满上百只滇金丝猴，它们成群结队地在两个泉眼旁痛饮起来。一家喝完，母猴带着小猴缓缓地走回丛林，新的一家便很快上来，享受甘泉带来的快乐。

小李与四个同行这才轻手轻脚地打开摄像机，甭说有多痛快。

眼前的滇金丝猴都以家族为单位依次来到泉眼旁，一只大公猴与两到三只雌猴组成一个家庭。猴子刚过繁殖期，每只母猴怀里都抱着一两只小猴子。大公猴先喝，再跳到山泉边的岩石上为它的家庭护卫。小猴子边喝水边嬉戏，非常快乐。如此，一百多只滇金丝猴全部喝足水才离开，大约用了三个小时，够小李他们拍摄个痛快了。

有一个独特的群体，都是刚刚成年的威风的公猴，但面对家族群体，它们也只能退到一边，等到最后才喝。原来，滇金丝猴四岁就性成熟，成熟后立刻被父母毫不客气地驱出家庭，这些被逐出家门的滇金丝猴集结成独特的"单身汉"群体。这对刚刚独立的它们来说有些苛刻，但这对避免近亲繁殖却极其有利。这也是滇金丝猴种群得以不断繁衍壮大的自律措施。

小李他们带着丰富的滇金丝猴资料，为争取建立自然保护区回昆明去了。作为一名研究滇金丝猴的专家，眼镜留了下来，他与我不时出没在萨马阁村的山箐里。

通过眼镜的长期研究，加上我们提供的信息，他发现，滇金丝猴主要活动在迪庆藏族自治州德钦县施坝林区和维西县萨马阁林区，活动面积有二十八万多公顷。夏季，它们在海拔三千米的高山上；冬季来临时，它们会迁移到海拔一千五百米左右的森林，全年大致都在雪线边缘一带生活。除了德钦县、维西县，在丽江、剑川、兰坪、云龙县及三江并流地区的不少县的原始森林里，也有过它们的身影。眼镜还发现，滇金丝猴几乎整天在树上生活，很少下地，遇到紧急情况，跳跃距离可达三四十米，因而又有"飞猴"的雅号。

滇金丝猴主食野果，也吃嫩树叶、杉萝、松萝。与其他猴群一样，滇金丝猴习惯群居，往往数十只结成一群。一只大雄猴为群猴之首，是这群猴子的猴王，我们傈僳人又叫它"望山猴"，因它身材魁梧，所以义不容辞地担任警戒工作。雌猴怀胎八个月，每胎一崽。初生的幼猴全身长毛，一个月后才可下地生活。

如今，经过各界的努力，在迪庆已经建立以白马雪山为中心的、面积达二十八万多公顷的国家级自然保护区，以滇金丝猴为主要保护对象。保护区内除世界珍稀的野生滇金丝猴外，还有国家一级保护动物云豹、雪豹、金雕以及其他八种鸟类；还有猕猴、小熊猫等二十多种国家级保护动物。另外，高山针叶林等多种天然植被及国家级保护植物澜沧黄杉、长苞冷杉、丽江铁杉、短柄乌头、油麦吊云杉、云南红豆杉、光叶珙桐等数十种珍稀植物也在其中。自然保护区的建立还对保持金沙江、澜沧江中上游水源的纯净起到积极的作用。

尽管时间远去，但我依然深深怀念那些为了建立自然保护区而辛勤付出的人们。

聪明的寒鸦

[波兰]扬·格拉鲍夫斯基

我救了一只寒鸦

杜舍克一旦被伤病缠身,就会变得非常温顺。当杜舍克安静的时候,它就不像一条狗。它会深情地看着你,似乎在等你对它说一声:"杜舍克,跳到火里去!"你下令之后,它会问你:"跳进烤箱还是炉子?"接着,火中就只露出它那摇动着的半截尾巴了。

那些美好的日子里,杜舍克和我一同在城里散步。它与我寸步不离。在集市上的路灯边玩"老鹰捉小鸡"游戏的狗群,丝毫引不起它的注意,就连肉铺它也不青睐。经过香肠店时,它会望着蔚蓝色的天空,数着在空中飞舞的鸽子。

它这是狗群中高尚品德的典范吗?

有一次,我和杜舍克从邮局出来,转进一条小巷。那里曾经有一座法兰西斯修道院。

这座古老的建筑物内有一所学校。天主教堂里很少有人做弥撒。孤零零地耸立在一旁的钟楼再无钟声传出来,但偶尔还有洪亮的钟声从别处钟楼传来,仿佛就出自这失音已久的钟楼!在这座古老的建筑里,无论在窗内,还是在尖尖的屋顶下,或是壁龛,又或是在因砖块从破旧的墙壁上脱落而形成的凹陷处，从很久以前开始就有寒鸦在这些地方筑巢栖息。而且数量极其多！

这些如乌云般聚集的寒鸦，它们的叫喊声响彻全城，它们嘶哑的叫声随处都可以听到。早春时节，每当小寒鸦开始寻找舒适的房舍时，路经修道院街的行人不得不高声喊话，否则就无法听清彼此在说什么。

因此，邮局局长——一个爱发牢骚、好唠叨，一生从未为自己、为妻子、为未来的孩子寻找过舒适住房的老光棍——有时会打开通风小窗，用口径大如炮口的过时手枪向天空打上一发霰弹，显然是为了吓退寒鸦。但是寒鸦对此举动根本不屑一顾，它们关注的事极为重要：要注意那些胸膛里没有心脏，只有一块吸透了酸意和愤恨的海绵的人！

我喜欢研究寒鸦。它们一直飞行、忙碌和劳作，教养和养活后代，尤其是那些贪食的后代，是件不容易的事。我赞扬寒鸦的进取精神，钦佩它们勇敢远征，为子女索取食物的行为。

我喜欢这些寒鸦，所以，这一次我在修道院前停留了片刻。我看着钟楼，突然听到"吱吱"的叫声，我扭过头去：杜舍克正在折磨一个动物。我从它口中救出受害者。原来是只寒鸦，确切地说，是一只小寒鸦。看来它被狗咬得不轻，仅一息尚存。幸亏杜舍克还没来得及咬断寒鸦的喉咙，也没折断它那刚长出羽毛的小翅膀。

我把小寒鸦放在帽子里，奔回家去。就这样这只小寒鸦逃离杜舍克之口，来到我们的家。

寒鸦进我家

我救了小寒鸦,并为它取名穆夏,这仅仅是关怀的开始。要知道,穆夏需要吃东西。这是很自然的事!但是我们家的任何人都说不出要用什么来喂养小寒鸦。卡捷琳娜建议用牛奶喂养,因为牛奶从未伤害过任何一个婴儿。她把浸透了牛奶的白面包塞入穆夏的嘴中。可结果并不尽如人意。

给它吃没有浸奶的白面包,结果也好不了多少;给它吃谷粒,也不行!

无奈之下,我开始在各类书中查找关于鸟类的资料。在这些书中我了解到寒鸦的尾巴上有几根羽毛,以及它的消化系统是怎样的;但是,小寒鸦吃什么才能使它不会饿死,关于这一点所有的书中都只字未提!

我突然想起自己曾经看到过老寒鸦用一种类似蚯蚓的东西喂自己的幼崽。我想:"太好了,那就来试试蚯蚓吧。"我召集起全城中我所熟悉的顽皮孩子,与他们商定,要他们每天给我送新鲜的蚯蚓。

"钓鱼的那种吗?"有个叫罗姆卡的最调皮的孩子问我。

"对,正是那种。"

"您钓鱼?"罗姆卡惊奇地问。

他们有生以来从未见我手中拿过钓鱼竿。

"不,"我说,"不是钓鱼,我有一只小寒鸦。"

于是我对他讲了我所关心的事。他听完我的话,摇摇头就跑了,一刻钟后才返回。

"我知道了,"他说,"我知道要用什么喂养小寒鸦了!"

"是吗?你从哪儿知道的?"

"我叔叔有过一只寒鸦。他抓到它的时候,它还很小。它后来死了——被线缠死的。"

"你叔叔对你说了些什么?"

"应当给它吃粥。要把粥煮熟,再让它凉透,然后捣得很烂。还要掺一些小沙子,也要捣碎,只要一点点。明白吗?"

"明白,"我说,"所有的鸟都吞食沙子或小石子,以便让饲料在它们的胃里能更好地被磨碎。"

"没错,叔叔就是这么说的。蚯蚓也可以给它吃,只是不用太多。"

我终于弄清楚该用什么来喂养我的小寒鸦了!向谁学的?竟然是向罗姆卡学的。要知道,他曾认为,乘法口诀表的唯一用处就是让教师可以无缘无故地挖苦无辜的孩子!

靠吃掺沙的粥和蚯蚓,穆夏长得很快。但是,像大多数虚弱的孩子一样,它很腼腆,而且总是拉住妈妈的裙子。这里的妈妈是指卡捷琳娜或克里西娅。我坐着,穆夏就在我的皮鞋附近跳来跳去;我站起来,它就尽量走在我的双腿之间。为了寒鸦,我学会了叉开双腿走路,以至有人讥笑我,说我像远航归来的水手。应当承认,我那"优美"的步态并未使我十分激动,但是让我感到高兴的是,穆夏依恋着我,而且并不觉得自己是个孤儿。

穆夏的情况一天比一天好起来。它"穿"着自己优雅的黑色燕尾服，目光中流露出愉快与好奇，它对世界上的任何东西都充满兴趣。它很温柔，很喜欢对你表示亲热：一站到你的肩上，它就会用自己的小脑袋蹭蹭你的手和脸；当它在地板上散步时，甚至还会蹭蹭你的皮鞋。它会抖抖翅膀，行行鞠躬礼，嘴里说着寒鸦的语言，通过声音表达出无限的柔情，而且无疑是发自内心的。

我们都非常喜欢穆夏！通过一件事就足以证明这一点：我们严厉的卡捷琳娜竟会允许穆夏在她的床上走动，甚至任由它在自己的枕头上走来走去！

穆夏彬彬有礼，喜欢社交。不管谁到我们家来，它都会立刻跑过去迎客，一步一跳地来到客人面前站定，注意力集中地望着客人，然后一下子跳到他的肩上。如果客人因害怕穿堂风而在耳朵里塞着棉花，那就糟了！寒鸦会一声不吭地从其耳中拉出棉花，然后逃之夭夭。

因为这些事情，所以经常会发生一些小误会，但我们并不在意。我们有充分的理由认为穆夏是世界上的一大奇迹，是鸟类中的黑珍珠。

更使我们感到幸运的是，我们的"黑珍珠"不仅可爱而且聪明。穆夏很熟悉自己的名字，只要一听到有人叫它，它就从老远的地方一步一鞠躬地跑过来。只要克里西娅对寒鸦说一声"吻吻我"，穆夏就会立刻站到她的肩上，用喙触碰她的嘴唇。

夏季接近尾声的时候，穆夏已经可以根据指令摆动翅膀，翻筋斗了。它是这样翻的：把头插到自己的两腿之间，腹部朝天翻过来。它会跳舞，两只脚换来换去以变换重心，向右跳两三下，再向左跳两三下。我们把这种舞称作"寒鸦哥萨克舞"。这个舞蹈不仅在我们家，而且在客人那里都享有盛誉。毫不夸张地说，寒鸦哥萨克全市闻名！

狡猾的"小偷"

你们大概很想知道，我们是怎样教寒鸦这些把戏的。

如果我说，我们其实并没有教寒鸦做这些，可能很难令人置信，但这的确是事实。是它自己向我们展示——它们善于做什么、能够做什么。

我们只是和它约定，根据我们的某些信号它做这样或那样的动作。

穆夏表演的所有把戏一开始都是我们偶然发现的。譬如，有人发现穆夏饥饿的时候总会站到椅子的扶手上，在上面前后走动，伸长脖子大声提醒我们："该吃饭了。"从那时起，我们就只在椅子上给它喂食。它如果不表演自己的舞蹈，就永远得不到食物。

"跳舞，穆夏，跳舞啊！"如果它很固执，我们就对它说，"你不跳的话，就什么也得不到！好，穆夏，'哥萨克'！"与此同时，有人吹起或唱起哥萨克的曲子。穆夏很快就明白，不在椅子上跑一阵子，就得不到食物。就这样，它便习惯了这样做。后来想要吃东西的时候，它就到处表演自己的舞蹈——在桌上、在地板上、在窗台上。如果没人注意它的舞蹈，它就会生气，并对着我们叫唤，好像在说："怎么会这样？怎么回事？我在跳舞，而你们却漠不关心？这算什么家规？！"

后来，穆夏已经听腻了自己的名字和对它吹奏的那首熟悉的老调，所以它走起路来也东倒西歪的。练完自己那套寒鸦哥萨克之后，它就停下来，目不转睛地望着我们，好像在说："我已经玩够了！"

此后，任何诱惑都无法迫使它再次舞蹈，也许要用新的美食来吸引它。每次表演之后，它当然会得到它应得的东西。对待动物要诚恳，就像对待人一样。千万不要企图骗它们！否则就会失去动物的信任。我们和失信的人无法友好相处，这对动物来说也一样。

不过，我应当提醒您，不是每一种动物都能马上明白您要求它做的动作。有时候是因为它们不明白你的意图，有时候是因为根本不愿意做。

我们的图皮是一条聪明绝顶的狗，但从来不把爪子递给别人，它只想安安静静地待着！我们试图说服它不要这么固执，但它只是委屈地看着我们，好像在说："就请你们让我安静些吧！你们何必对我纠缠不休呢？为什么要我把手伸给你们？"

但是……总是会出现这么个"但是"！

卡捷琳娜喜欢在午后用织针编织暖和的袜子，克里西娅这时会大声地为她朗读故事。穆夏自然也加入她们的行列。两位女士在议论书中男女主人公的结局。突然，卡捷琳娜大叫一声："织针不见了，穆夏也不知去向。"过了一会儿穆夏回来了，它站到桌子上，若无其事地看着她们俩，像什么也没发生。卡捷琳娜在找织针，她搜遍了全屋，最后才发现好像是被穆夏弄到地上去了！

穆夏究竟偷了多少发夹、纽扣、铅笔、钉子、钩子、图钉，我无法说清，也无法用语言描绘！它是在这些东西被到处乱放的情况下将它们偷走的。它学会打开盒子，把它们从桌子或架子上推下去。它是个机灵而狡猾的小偷，所以只有需要用到那些东西的时候，我们才会发现它们已经遗失了。

顺便提一下，穆夏使我养成了吸烟斗的习惯，因为我所有的香烟都无影无踪了。

穆夏偷主人的东西这算不了什么大事，从某种角度来说，还对我们有益，这让我们养成有条理的好习惯。因为所有的东西都必须仔仔细细地藏在橱子和箱子里，才能不被它偷走。让我们尴尬的是，穆夏还会从客人的身上偷东西。我们被迫多次对客人解释。因此，当我们知道穆夏的全部"优点"之后，只要一有来客，我们就毫不怜悯地把它锁起来。

尽管采取了这些预防措施，但还是发生了许多不愉快的事。

有一次，有一对夫妻第一次来访。他们很古板，非常注重保持良好的风度。我们坐在客厅里，有些话不投机。突然穆夏一蹦一跳地出现在我们面前。我想赶走它，但女客人开始谈论她如何热爱动物。她问寒鸦叫什么名字，知道它叫穆夏后，她很激动，原来女士童年时代的名字也叫穆夏！她与自己的同名者客套起来，而我则感到脊背一阵发凉，因为穆夏女士别着一枚胸针！见到闪光的东西，我们的穆夏就会失去所有的自控能力！

穆夏这时正在跳舞、翻筋斗，客人们笑声不断、欣喜若狂。男客人站在桌旁弯下腰，对着它微笑。然后，穆夏竭尽全力地啄我们客人口中一颗闪光的金牙齿。

最后，那颗金牙开裂了！而另一副金属牙套也出现了裂纹！总而言之，这种不愉快的事最好不要再去回忆……

寒鸦之死

冬天，杜舍克不爱外出，成了我们院子里的模范居民。只有穆夏和它是朋友，还成了它的理发师，给它梳理毛发，能梳上好几个钟头。它会钻到杜舍克身上最暖和的地方——狗肚子的凹陷处——躺下，美美地打上一个盹。

卡捷琳娜讲了一个不容我们置疑的事实：寒鸦经常为杜舍克到厨房里偷骨头。我不太相信这件事。首先，我从未亲眼见过；其次，自从穆夏从她那里偷了一枚圆形颈饰后，卡捷琳娜讲了许多有关寒鸦行窃的离奇故事。如果卡捷琳娜对我说，穆夏伙同杜舍克从家里搬走了钢琴，我可能都不会觉得奇怪！总之，我对偷骨头的事不了解，但我知道穆夏和杜舍克已经成为形影不离的朋友。

冬天快结束时，穆夏开始不安起来。它总是突然飞出去，一会儿飞上屋顶，一会儿飞到树上，然后就不见了。它整天不在家，回来时已近深夜。后来它又失踪了几天，最后回家对杜舍克说了些什么，就彻底消失了。

太阳烤得很厉害，修道院的钟楼里在召开住房问题预备会议。我们知道，穆夏是在走自己的路，所以我们希望它能找到自己的幸福。我们确信，等到了秋天，当田野里空无一物、寒鸦的艰难岁月来临之际，穆夏定会回到我们家。

实际情况是什么样，只有杜舍克知道。因为它经常到修道院去。我在那里亲眼见到过它。它仰头而立，看着钟楼周围飞行的寒鸦。我相信，它是在等待穆夏，否则它为什么要到那里去？

三月底，杜舍克不知为什么情绪好了起来。我们一同进城，去了一趟邮局。回来的时候我们经过修道院。正当我们靠近钟楼时，突然听到啪的一声！

这是邮政局长在用自己的枪打寒鸦。

一只正在钟楼附近盘旋的鸟在空中停留一下，随后就像一张从窗子里扔出来的纸片，旋转着落到地上。

杜舍克首先跑到它的身旁。它用鼻子触碰寒鸦，舔着一滴滴鲜血。它认出了穆夏。正当两个朋友即将重逢时，这个小可怜却死了！

这个邮政局长的胸腔里难道没有一颗跳动的心脏，只有一块充满醋意和愤怒的海绵吗？

（傅俊荣　吴文智　译）

草原鼠王

袁博

猫窝里的老鼠

你是一只老鼠。

你是一只被猫养大的老鼠。

当你还差十五分钟就要出生之时,母猫捉住了你的母亲,并把它鼓鼓的肚子撕开。你的同胞毫无生命迹象,只不过是滚落在地的一粒粒鲜红色的肉块,而你居然懒洋洋地向母猫打了个哈欠。

你的表情,如同母猫巢中那些像太阳般灿烂的小猫的表情一样。于是,母猫吃掉了你的母亲和你的同胞,却把奶水喂给了你,成了你的猫妈妈。

当然,你并不知道这一切。在你长到两个月零十六天之前,你甚至并不知道自己是一只老鼠。

你的家在一片广袤无垠的原野上。那里,除了灰蓝苍郁的天空,一切都是金黄色的。金黄色的土地上生长着金黄色的茅草,金黄色的茅草笔直地刺向天穹,如一柄柄泛着金属光泽的剑。金黄的风,一年四季都在田野上吹着,吹起一道又一道金黄的波涛。

风平浪静后,茅草金黄色的头低低地压下来,似乎再也承受不住过分饱满的金黄色的果实。于是,"哗——"一声下起淅淅沥沥的金黄色的雨。顿时,小径、台地、原野上,拥出无数只金黄色的田鼠。金色的田鼠汇成金色的溪流,再汇成金色的江河,在不知尽头的金黄色的原野上奔腾,尽情享受着上天赐予的食物。

随后,原野上一片静谧。

你最初的家,在原野上毫不起眼的一角,在一个被獾遗弃的浅浅的地穴里,猫妈妈觉得这样的地方比较隐蔽、安全。地穴入口用灰黄色的枯茅草掩蔽着,当天气晴好时,温暖的阳光透过茅草的缝隙照进地穴,使得地穴口升起一层混合着獾与猫的气味的乳白色烟雾。

那时的你,很熟悉这种飘着奇异光芒的雾气,和雾气背后被茅草切成一小块的狭窄的天空。

你是这个家里年龄最小的孩子,也长得最慢。你身旁都是身材比你魁梧三四倍的猫哥哥和猫姐姐。它们和你一样,长着长长的胡须。不过,它们有着锋利的獠牙和尖锐的爪子;而你,只有两颗可怜巴巴的绿豆大小的门牙。

你出生在深秋,寒冷刺骨的西北风时常凶猛地扒开脆弱的茅草栅栏,灌进地穴。你和猫哥哥、猫姐姐胡须碰胡须,紧紧地挤成一团来取暖。但你总会"吱吱"地尖叫着,突然钻出猫哥哥、猫姐姐的怀抱,因为你太小了,它们庞大的身躯常常会挤得你难以呼吸;你的皮肉太嫩了,它们的尖牙利爪常常会在不经意间碰伤你。

虽然地穴还算宽敞,但有时,你还是会觉得无处容身。

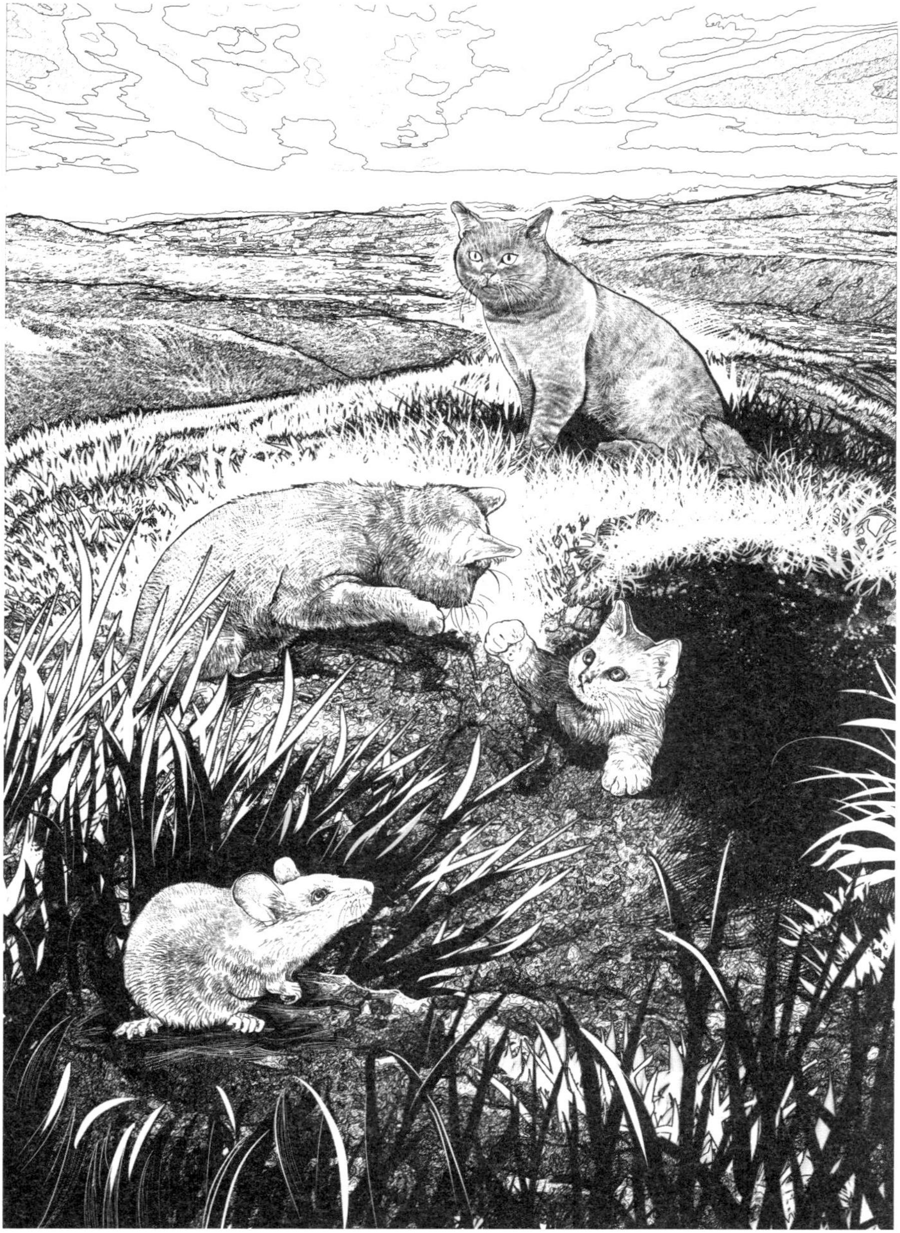

你想打架,但是你不敢。猫哥哥与猫姐姐会为一口奶水而打架,会为晒太阳的最佳位置而打架,或者仅仅因为心烦意乱而打架。猫哥哥与猫姐姐打架之时,就是你最害怕的时刻。它们杏眼圆睁、爪牙毕露,扭打、撕抓、啃咬、反扑……每个动作都让你心惊胆战。

所以,你对猫哥哥和猫姐姐总是一再退让。吃奶时,你排在最后,吃猫妈妈最后剩下的几滴奶;睡觉时,你总是趴在离洞口最近、冷风吹得最厉害的角落。当猫哥哥或猫姐姐稍有不满之时,你便主动要求成为它们的玩物。

偶尔,你也会血脉偾张,渴望进行哪怕一点点反击,但你还是不敢。当你成为猫哥哥与猫姐姐争抢的玩物时,你根本就没有拒绝的余地。

事情的起因是这样的:猫哥哥的鼻子有些塞,它皱起鼻子在空中晃了好几下,也没能打出喷嚏。按惯例,猫哥哥即将凑近你的胡须,用你柔软而细长的毛发疏通它的鼻孔。于是,你下意识地向猫哥哥凑过去。

可你忘记了,你当时是猫姐姐爪下的玩物。猫姐姐把你放在它的身前,让你走走停停,然后冷不防地将你扑倒。与其说这是一种游戏,不如说这是猫姐姐发泄心中莫名其妙的烦躁情绪的一种方式。

但是,在猫姐姐需要你的时候,你却走向了猫哥哥,这令猫姐姐异常恼怒。

猫姐姐高高地竖起尾巴,学着成年猫的样子从喉咙中发出一声低沉的咆哮。猫和老鼠都是在夜间活动的动物。猫姐姐的眼睛里聚集了一种若有若无的冷光，如同两盏绿幽幽的灯笼；你的眼睛则像两粒脆弱的绿豆一样，在黑暗之河中飘忽不定。你向另一侧望去，见到猫哥哥抬起前爪，从爪鞘中伸出锐利的爪尖，悬在半空。

猫哥哥和猫姐姐彼此用幽幽的眼神盯着对方，却将愤怒的爪牙伸到你的前方。不论你向左靠拢还是向右靠拢，你都逃不过来自另一侧的尖牙利爪。

你不知如何应对。

如果你是一头牛，小猫的扑咬不过像在你厚实的皮肤上搔了一下痒；如果你是一只猫，与同类之间的撕抓啃咬不过是一场不愉快的玩笑；如果你是一只老虎，你会索性扇它们一个耳光。可惜，你是一只老鼠。鼠的一生，会面对许许多多不知该如何应对的境遇。

你微微扬起头，试图用乞求的眼神获得猫哥哥和猫姐姐的同情。

猫哥哥和猫姐姐轻蔑地看着你。当时你还不明白大自然不同情弱者的道理。你以为它们已经原谅你了，于是小心翼翼地向后退去。你既没靠向猫哥哥，也没靠向猫姐姐，于是它们的爪牙裹挟着怒气，一齐向你袭来。

你感到自己无处躲藏，已经身陷绝境。慌乱使你失去理智，改变了你的本性，使你变成一只疯狂的老鼠。你扬起你那小得微不足道的门牙，迎着猫哥哥和猫姐姐冲去。可你的举动彻底点燃它们心中的愤怒，使它们龇牙咧嘴地向你大肆进攻。这时，猫妈妈正在外面觅食，没有谁可以在这个关键时刻保护你。

你尽可能敏捷地在猫哥哥和猫姐姐之间跳跃蹿动,但后背仍旧被抓破了。你感到后背有一股钻心的刺痛,索性向洞外冲去。

猫哥哥和猫姐姐畏惧洞外寒冷而神秘的黑夜,向洞外追了几步,便又缩回地穴。

你抬头望向黑漆漆的夜空,无数只大大小小的"眼睛"在亿万光年外注视着你,泛着幽幽的冷光。原野上的风如波涛般向你扑来,发出阵阵咆哮,让风中沙沙的落叶蛮横地打在你的身上。到了白天,太阳盛开,散发着葵花一样的光芒。

一个昼夜过后,你背上的伤口结痂了,这让你忘记了疼痛。你渴望回到那温暖的地穴。于是,你顺着自己的足迹和气味,找到了你的家。

你找到了你的猫妈妈。它站在洞口,守护着它的儿子和女儿。它困惑地盯着你,皱起鼻尖,在你全身上下轻嗅。

忽然,猫妈妈亮出爪尖,冷不防地向你扑去。这并非爱抚幼崽的姿势,而是捕杀猎物的动作。经过一个昼夜,你身上的猫气味已经被稀释,开始出现鼠的气味——因为你本来就是一只老鼠。

母猫靠气味识别幼崽,也凭气味分辨猎物。

母猫穷凶极恶地追在你的身后,你用强壮而细长的后腿边跑边跳,用你与生俱来的修长的尾巴平衡着你的重量。但你毕竟年岁尚轻,缺乏壮年老鼠那样的耐力;而且你在猫窝里长大,没有练就鼠类用来躲避天敌的奔跑本领。

你逐渐感觉体力不支，母猫的鼻息一波又一波地击打在你的尾尖。最终你栽倒在地，两眼翻白，停止呼吸。母猫用前爪拨了拨你，发现你已经全身僵硬，便把你丢在一边，不再理会，急匆匆地赶回洞穴。一只死掉的猎物并不值得吃。田野上的猎物如此丰富，因此这里的猫并没有吞食死老鼠的习惯。更何况，它还需要照料它巢中的幼崽。

面对天敌的追捕，你成功施展出老鼠"装死"的本能。从此以后，你作为一只真真正正的老鼠活了下来。

过去，你会抬头望一望地穴外面的世界，甚至会将笨拙的爪子扒在洞口，战战兢兢地伸出头去，胆战心惊地向四周窥视。每当此时，猫妈妈会用柔软的嘴巴把你叼回地穴。猫妈妈理所当然地认为，一个温暖而安全的巢穴比任何东西都更可贵。

这是猫的世界观。

但现在，你知道自己是一只老鼠了。

闯进同类的洞穴

你是一只田鼠，生活在田野里，但你与其他田鼠格格不入。因为，你不是一只地地道道的田鼠。

一只地地道道的田鼠，应当懂得田鼠之间所使用的简单交流方式和田鼠所要遵循的一般行为规则。田鼠是一种群居动物，你应当懂得如何与其他田鼠相处；田鼠是一种以家族为单位的动物，你应当懂得如何通过你的血亲知道田鼠应当懂得的一切。

然而，这些东西你不懂，你也不知道自己的血亲在哪里，实际上即使你找到了血亲，它们也只不过把你看作是一只完全陌生的老鼠。

你随意地闯入了田鼠的世界。在后来很长一段时间里，你都为此感到懊悔。

那天，你寻觅着秋风拍打下的草籽，踏上一条茅草间的小径。深秋的阳光浅浅地照在你的足尖上，使你感受到些许暖意。

这时，你看到一个同类。

你觉得有些好奇，便追上前去，想看个究竟。而你的同类却抱头鼠窜，如同被穷凶极恶的天敌追赶。这种滑稽的姿态反而引发你更加强烈的兴趣，使你更加卖力地在同类身后追赶。

使你的同类惧怕不已的，并不是你，而是你身上还没完全散去的猫的气味。对于猫的气味，鼠鼻子比猫鼻子更灵敏，这是捕食与被捕食的关系使然。

从来没有任何生灵如此诚惶诚恐地畏惧过你。同类的举动，使你有了一种莫名的成就感。你追逐在同类的身后，兴奋地发出混杂着猫的声音的鼠叫声。当时，你只会发出这种叫声。

你的同类猛地扎进一个只能容下田鼠身体的黑暗地道。你迟疑了一下，也随之钻进黑暗而狭长的地道。一时间，你难以适应地道中幽暗的光线。等你的眼睛转变为绿幽幽的"夜视聚光器"时,你方才追逐的同类早已逃得无影无踪了。

你用幽幽的眼睛仔细打量着地道,小心翼翼地挪动脚步。等你行走一段距离之后,你发现自己进入了一个相当宽敞的洞穴。洞穴另一头,并排着三个漆黑的巨大的地道口。

你不知道,你已经进入了田鼠的社交场所。这个宽敞的中央洞穴足以容纳数万只田鼠同时活动,而那三个黑暗而巨大的地道分别通向三个庞大的田鼠家族的领地。

这地方,茅草丰茂,食物充足,并且鲜有荒年。各个田鼠家族都发展兴旺、支脉繁多。那些弯弯曲曲的地道如同一条条枝干一样从中央洞穴出发,再发展出更狭窄更绵长的枝系,又通向其他的中央洞穴,像一座座枝繁叶茂而又错综复杂的树网一样蛀空整片原野。

原野之下,注定是田鼠如网络般复杂的世界。

你处在洞穴正中,迷惘地来回张望着空荡荡的四周。你听到了若有若无的田鼠的声音:"吱——吱——吱——"

你不知道,你的气味随着中央洞穴的三个宽大地道,已经迅速向地面之下的许多地方蔓延。你的气味引起了田鼠界的一场不大不小的恐慌:一个拥有上千只田鼠的田鼠家族集体迁徙;一个拥有上万只田鼠的田鼠家族缩在洞穴深处惶恐不安;一个拥有两万余只田鼠的田鼠家族终于鼓起勇气,派出一只强壮有力的二级族长去窥探你的行踪。

你看见并排的三个地道口中的一个地道口出现了两处黄豆般大小的光亮,在黑暗幽深的洞穴里显得格外阴森。你像可怜的小青蛙一般瑟缩着,以至失去了逃跑的勇气。

二级族长提心吊胆地朝中央洞穴窥探，而在它的视线之内，只看到一只瘦弱得有些可笑的小田鼠。根据你的毛色纹路，它判断你是肥肥家族的成员。你的母亲曾经是肥肥家族的一分子，你们都有着同肥肥家族所有成员一样的皮毛。

二级族长难以置信，你居然是肥肥家族的成员——肥肥家族是那个拥有上万只田鼠的田鼠家族，占有的领土、资源都不算少，因食物充足而与二级族长所属的胖胖家族一样，以出产膘肥体壮的田鼠著称。它实在难以相信，眼前这个可怜巴巴的小田鼠竟然属于肥肥家族。而更可笑的是，肥肥家族竟然选派这样一只瘦得可笑的小田鼠来承担窥探天敌行踪的重要任务。

二级族长觉得自己的视线不足以窥视整个中央洞穴的情况。虽然它的内心充斥着极强的恐惧感，但它作为二级族长的责任感仍然使它勉为其难地露出了脑袋。

"吱——喵！"你惊恐地叫了一声，因为你看到一颗比你的头颅大至少四倍的脑袋从黑暗的地道中浮现出来。

你的叫声干扰了胖胖家族二级族长灵敏的感官，使它以为一只凶悍的野猫正从背后咬它的尾尖。你的叫声吓得壮实的二级族长慌不择路地从地道钻出，卷曲着肥硕的尾巴，在洞穴中央因恐惧而撒起腥臊的尿。

过了好久，二级族长才发现自己并没有遭到灭顶之灾。它眨眨眼睛，又一次发现了你。二级族长甩甩脑袋，立即忘记了自己方才狼狈的样子。作为田鼠，因过度恐惧而立即逃跑总是明智的选择。二级族长绕着你的周围，缓缓挪动脚步，认认真真仔仔细细地在空气中嗅。

它终于发现，离你越近，猫的气味就越浓烈，它做梦也想不到你是在猫的地穴中喝着母猫的奶长到现在的。不过，它现在可以断定，这里并没有猫。

二级族长把头扎进自己家族的地道入口，低低地尖叫一声，向胖胖家族示意周围很安全。当然，它并不愿意把信息传递给另外两个家族。所有田鼠家族都巴不得自己的邻居全家五代携老带幼统统搬家，这样一来就可以把邻家的地穴占为己有，扩大本族的生存空间。

"吱——吱！"数不清的田鼠叫嚣着，从同一条地道拥出，如同一条怒号着穿过原野大地的颇有气势的河流。你听不懂田鼠的语言，你不知道，这些田鼠在整齐划一地发着惊惧的信号，尽管它们中的每一只都确信自己是安全的。它们只不过想通过虚假信号，将自己的邻居赶得更远。

口是心非，是田鼠的行为方式，也是田鼠的智慧。

海潮般一波波涨起的鼠群使你头晕目眩，"吱——吱"，大大小小的老鼠在争先恐后地交流着什么，但你却什么都听不懂。

你被那只像小猫一样硕大的二级族长一脚踹进一条地道。它向你发出沉郁的吱吱声，你却毫无回应。它贴着你的皮毛闻，认定你只是皮毛与肥肥家族相似，但气味却与它敌视的肥肥家族迥然有异。它认定你是一个有着先天智力缺陷的可怜儿，是一个既聋又哑的小废物，是一个稀里糊涂的小傻瓜，但你是一只散发着猫味的老鼠，这使你成为对它的家族非常有用的一种工具。于是，它把你一脚踹进肥肥家族的地道。

田鼠不会制造工具，但会使用天然的工具。

你沿着弯弯曲曲的地道，漫无目的地爬行。地道越往深处，越阴暗潮湿。虽然已是秋末冬初时节，地下却别有洞天，地洞里甚至温暖得蒸出一层雾气般的暖气。

在不知不觉间，你的气味已经通过地道灌进肥肥家族的每个洞穴，吓得大批田鼠跑出自己的洞穴，在前方狭长的地道里挤作一团，向着未知的远方奔逃；有一只母田鼠为了逃命，丢下自己唯一的儿子。

暖暖的雾气熏得你肌肉松弛、骨头酥痒、浑身惬意。你走得有些累，想找一个安逸的巢穴舒舒服服地睡一觉。你冒冒失失地闯进一个看起来空荡荡的洞穴，闭起眼睛，昏昏沉沉地睡去。

与此同时，一个比你更弱小的生命正龟缩在洞穴的一角。它是一只先天残疾的小田鼠，它的一条前腿始终没有长出来过。在以近亲繁殖而著称的田鼠中，这并不稀奇。和它同一胎的兄弟姐妹均因先天体质羸弱，出生后不满一个月便死去，只有它奇迹般地活到现在。但是，在弱肉强食的原野上，这种有先天缺陷的老鼠注定会成为天敌口中的粮食。危急时刻，母亲毫不犹豫地抛弃它也就合乎情理了。既然它是一只被抛弃的小老鼠，我们就索性称呼它为"弃儿"。

弃儿行动迟缓，从来没有到原野上奔跑过，也就从来没有闻过猫的气味。虽然弃儿已经是一只满两个月大的少年雄鼠，但它生来毛发稀疏，地下不冷不热的空气也足以把它冻得全身发抖。平时，弃儿都是躲在母亲的怀抱中取暖。弃儿觉察到你身上散出的热量，于是它缓慢地挪到你的身旁，使劲往你身上凑。

在猫窝长大的你习惯跟猫哥哥和猫姐姐挤来挤去，也就并没有太在意它的到来。你迷迷糊糊地睡着了，任由弃儿在你的身上拱来拱去。

地位最低的老鼠

胖胖家族迅速拥入肥肥家族曾经的地道，占领了肥肥家族所有的生存空间。

你和弃儿奇迹般地被接纳为胖胖家族的成员，这也许是胖胖家族历史上绝无仅有的例外——通常，田鼠不愿接纳自己家族成员之外的成员。

田野之下庞大的田鼠家族是一个讲究等级秩序的群体，也是一个凭血缘关系凝聚起来的群体。族长是家族地位最高的田鼠，几乎是所有家族成员的祖先。族长之下是二级族长，二级族长之下是三级族长，三级族长之下是四级族长……刚刚出世的小老鼠都是地位非常低的成员。但是，你和弃儿的地位却在小老鼠之下。在胖胖家族的所有成员眼中，这是理所当然的。

你和弃儿没有胖胖家族的血脉，而且你们两个都被视作有严重缺陷的田鼠：弃儿有生理缺陷，而你是一个"哑巴"——

你不懂得这里的田鼠所使用的语言，也不懂得这里的田鼠所遵循的行为规则，更不懂得如何与其他田鼠相处。

但是，与其他群居哺乳动物不同，田鼠都是自行觅食的狩猎者，并且每只田鼠在地下隧道中都有自己的独立居室。目前在这片原野上，食物丰盛，地下隧道内的洞穴数量也相当充足，因此哪怕是地位低下的田鼠，也能有一席之地。你和弃儿居住在弃儿的洞穴里，每天，你都在夜色降临后到地面寻觅食物填饱肚皮，并且用你的颊囊为弃儿带回足够的食物。

开始，你对自己的生活很满意，不管怎么说，这里的生活都要比你在猫窝里过得自在。可后来，当你每次觅食归来通过公共地道，看着连刚出生不久的小老鼠都对你投来异样的目光时，你开始觉得有些不舒服。

在猫窝时，你终日处于恐惧之中，你身体内老鼠的天性被严重压抑，你只是像猫的玩物一样生活，根本没有自我。但在你的祖先们世代居住的庞大的田鼠地穴里，你血液中追求地位的鼠类的天性被充分激发出来。

鼠群中的每一个成员都是潜伏的地位攀爬者，它们试图通过种种方式在同类中脱颖而出，它们渴望获得更多除实际生活需求之外的特权，它们用尽种种办法提升自己的地位。有的田鼠会撑开肚皮，拼命吞吃一切可以食用的食物，因为吃得越多，身材就会越庞大，它们希望借助体形优势提高级别；有的田鼠会渴望变老，因为年龄越大的田鼠往往会拥有越多的子女，它们希望凭借后代数量优势提高级别；有的田鼠会尽力讨好地位更高的田鼠，因为地位更高的田鼠可以提升低地位田鼠的级别。

在其他物种眼中，一辈子的奋斗目标就是提升自己级别的田鼠活得卑鄙龌龊，简直不值一提。所以，在人类的成语中，既有"鼠目寸光"一说，又有"贼眉鼠眼"一说。

但田鼠自己显然并不这么认为。自从进入田鼠地道后，你被唤醒的天性就一直激发你努力去做一只真正的田鼠。

你试着采用各种办法，去追求你的同类都渴望获得的更高的地位——你努力吞吃更多的食物。你打破田鼠黄昏和夜晚觅食的生物钟，夜以继日地在金灿灿的原野上吞吃更多的籽粒，将肚皮撑得圆滚滚，好似一座小山。但是，其他年轻的田鼠也在拼命吞吃更多的食物，你的成长速度并不比它们快；而且由于你自出生以来就蜷缩在猫窝中，以至长期营养不良，所以你反而比胖胖家族的同龄老鼠更加瘦弱。

你渴望获得生育子女的机会。但你太年轻，还远没有到生儿育女、子孙满洞穴的月龄。况且，你被整个胖胖家族瞧不起，也没有哪只母田鼠愿意成为你的配偶。

你想去讨好你所能接触到的地位最高的田鼠——高高在上的三级族长，但三级族长似乎根本没有把你当作一回事儿。

你失败得一塌糊涂。

你不知道，在你想方设法获得更高的地位时，弃儿也在盘算着。

攻击田鼠族长

弃儿比你更清楚田鼠社会中看不见的行为规则。它虽然生理残疾，但相当了解田鼠社会。

你则对一切全然不知——你是田鼠社会中的异类。弃儿清楚，胖胖家族的族长之所以会容许你留在地穴里，是因为你身上散发的猫的气味可以使其他家族的田鼠不敢闯入胖胖家族的地穴，尽管你身上散发的猫的气味已经日渐稀薄，但你颇有几分威慑力的猫叫声依然可以震慑其他家族的田鼠，它们可以借此扩大胖胖家族的地下领土。同时，族长永远不会将你放在高等级中，因为低地位的田鼠总是更加渴望表现，会发出更多的叫声。

你不知道这一切，但你深深地感到郁闷、愤愤不平。你不愿再继续待在支系庞大的田鼠家族，你想离开这里。但是，想到毛发稀疏、畏惧寒冷的弃儿无法跟随你离开温热的地道，你又放弃了这个念头。你把偶然间投入你怀抱中的弃儿视作自己最亲密的伙伴。

你陪伴着弃儿，在胖胖家族中倍感屈辱地度过一天又一天。你渐渐长大，长成一只大田鼠，你粗犷的声音像成年野猫的声音一样威风凛凛。

转眼间，冬天到了。

即使冬天，原野上也是金灿灿的，只不过空气变得冷飕飕的。冬天的风在原野上奔跑，灌进田鼠家族复杂的地道。越靠近地下深处的地方，就越暖和；反之，离地道口越近的地方就越冷。

你和弃儿是地位最低的田鼠,你们居住在最靠近地道口的地方——这也便于利用你的声音赶走试图进入胖胖家族地穴的流浪田鼠。弃儿被灌进地道口的刺骨的冷风冻得全身发抖,这时,你觉得自己不得不采取一些行动改变你们的处境了。

你带着弃儿,悄悄潜入胖胖家族地道的深处,寻找更暖和的地方。随着逐渐深入地穴,弃儿不再浑身发抖。冬天,地穴深处依然温暖湿润,缓缓蒸起一层层乳白色的热气。你们终于找到一个空荡荡的洞穴,在此住下。这个洞穴相当宽敞,比你见过的所有洞穴都要大,但似乎没有居住者。你觉得,胖胖家族的地道中有不少这样闲置无主的大洞穴,如果不好好享用,就是最大的浪费。

一天,两天,三天过去了,依然没有田鼠来到这里,你和弃儿就一直舒舒服服地住在这个温暖的地方。由于你和弃儿行动时的脚步很轻,所以没有任何胖胖家族的成员发现你们。直到有一天,一只比成年野猫还要大一圈的田鼠挤进地道——它的身材刚好能够进入地下通道,仿佛地下通道是专门为它设计的。

这是胖胖家族的族长,胖胖家族中很少的一部分成员才有机会见到它。族长有自己的专用通道,因为它无法挤进自己子孙所行走的狭窄地道,也不屑于在那些曲曲折折的小通道中行走。它拥有五个位于不同中心位置的、相隔很远的洞穴。族长会在这五个相隔很远的洞穴中轮流居住,并定期在洞穴中寻找体型硕大的雌鼠,履行自己繁衍后代的职责。

你和弃儿占据的洞穴，恰好就是属于族长的五个洞穴中的一个。

在田鼠家族中，族长具有无上的地位。无论外形还是智商，它都与自己的儿孙有显著不同，甚至看上去和它们几乎不属于同一个物种。族长瞪着铜铃般的眼睛，扬起恐怖的门牙，一步步向你和弃儿逼近。按照家族规矩，没有任何一个田鼠家族的儿孙敢来这里，你和弃儿却冒冒失失地闯入了田鼠家族的禁地。

弃儿吓得浑身发抖，就像有可怕的寒风吹着它的身体。弃儿紧紧地扎进你的怀抱，渴望获得你的庇护，如同它平时钻入你的怀中驱散令它畏惧的寒冷。

你同样惊慌失措，毕竟你从未见到过如此可怕的硕鼠。你恐惧地叫了一声，发出一声猫叫一样的吼叫。

族长下意识地缩了一下头，但立即恢复了凶神恶煞的表情。族长轻蔑地发出一声沉重的低吼，它之所以把你安置在自己的家族中，是因为把你当作驱逐外族田鼠的工具，它显然并没把你放在眼里。你现在违反了田鼠家族的规矩，就应当受到最严重的惩罚。

借着若有若无的光线，你看到族长雪白的门牙寒光闪闪，正在向你逼近。

情急之下，你下意识地采用猫的扑击方法，向族长发起了攻击。胖胖家族的所有成员都知道，你是一只散发着猫的气味、能发出像猫叫一样奇怪叫声的田鼠。但它们谁都不知道，你是一只像猫一样的田鼠。在猫窝生活的日子里，你学会了像猫一样敏捷地出击,像猫一样悄无声息地活动。你跟其他田鼠不一样,这也注定你不是一只平凡的田鼠。

你灵活地在族长身上上蹿下跳,使得族长庞大有力的躯体反而成了一种累赘。族长的威逼终于激发了你长期潜藏在内心深处的凶狠劲儿。

但是,没有任何胖胖家族的成员在族长专用的地道附近活动。况且,族长专用的地道实在太长,没有任何胖胖家族的子孙能够听到硕鼠的呼救声。硕鼠在你的攻击之下暴怒不已,却又无法反击。

忽然,你的攻击动作放缓了一些。因为,你开始有些担心,有了顾虑——在你攻击了族长之后,你和弃儿能否在胖胖家族继续居住下去。如果你们被胖胖家族从地穴逐出,弃儿很难度过平原上冷飕飕的冬天。对弃儿的牵挂使你放慢了攻击动作。

硕鼠似乎发现了你的攻击节奏减缓,立即对你展开猛烈进攻。它鼓足力气,将你从脊背上甩下,然后向你发出疯狂攻击。你左突右闪,只得绕着地穴逃窜,毫无还击之力。

这时,你眼角的余光瞥见弃儿一瘸一拐地踱步上前。你暗自高兴弃儿在关键时刻居然来支援你,却又担心身体虚弱的弃儿被硕鼠撞伤。你发出一声急促的叫声,示意弃儿尽快逃跑。

可是,弃儿仍拖着残缺的身体,一步步向前进,神情专注而执着。为了保护弃儿,你鼓足力气,重新快速而敏捷地向硕鼠挑战。你以迅雷不及掩耳之势的速度进攻,再次咬得硕鼠头晕目眩。

弃儿凑上前来，用细小的门牙咬住了你的右后腿，使你无法移动。硕鼠轻蔑地皱了一下鼻子，这是鼠类表示微笑的方式。

你的腿上留下一排滴着鲜血的牙印。

原来，弃儿想在这大敌当前的时刻在族长面前立功，博得族长的信赖，以此提高自己在胖胖家族中的地位，不必再忍受冬季灌入地道口边缘的刺骨寒风。现在，你就是胖胖家族的对头，就是弃儿获取族长好感的工具。

弃儿门牙上的力气很小，只是咬破你腿上浅浅的一层皮毛。但是，你的心在隐隐作痛。在这个迷宫般盘绕的田鼠世界里，再也没有什么值得你留恋的东西了。或许，你本来就不属于这里。

你用力一踹，甩开身体羸弱的弃儿。你脱去一切负担，以猫的凌厉攻势扑向硕鼠，使它不得不让出身后的通道。你敏捷地蹿出曲折的地道，从此再也没有回到这个黯淡无光的世界。

独自生活

在茫茫的荒原中，你的身体显得瘦小单薄，似乎连一缕无力的晨风都可以轻而易举地将你吹倒。金黄的风，不曾停歇地在田野上奔跑，掀起一浪又一浪金黄的波涛。大平原像海面一样起起伏伏，你就像一叶孤独的扁舟，在惊涛骇浪之中驶过无边无际的海洋。

朝阳升腾，天边明丽的云霞如同千军万马，滚滚而来。

灵巧的燕子自在地将羽翼收放，又微微一颤，在一收一放之间已穿入高渺的云霄深处；大雁伸着颀长的脖颈，人字形列成一队，伴随着声声悠扬的雁鸣在天空中划开流线型的波纹；黄莺唱着婉转的曲子，在空中起起伏伏，追捕着一只只机灵十足的蜻蜓。金黄的风，一年四季都在田野上奔跑，涌起一浪又一浪金黄的波涛。黑漆漆的夜空里，无数只大大小小的眼睛在亿万光年外注视着你，泛着幽幽的冷光。原野上的风如波涛般向你扑来，发出阵阵咆哮，让风中沙沙的落叶蛮横地打在你的身体上。

但是，面对与先前同样的景象，你不再恐惧。

既然你做不了猫，也做不了鼠，那么你就选择独自生活。你有强壮的身体、敏捷的身手和金黄色的原野上取之不尽的食物，这些使你能够完全按照自己的意愿生活。

从此以后，无边无际的田野成了你的家。你成了一只独一无二的田鼠，一只了不起的田鼠。

后来，你有了自己的子孙。

金色的原野上，茅草金黄色的穗头低低地压下来，似乎再也承受不住过分饱满的金黄色的果实。于是，"哗——"下起了淅淅沥沥的金黄色的雨。顿时，从小径、从台地、从原野的中央，拥出无数只金黄色的田鼠。金色的田鼠汇成金色的溪流，再汇成金色的江河，在不知尽头的金黄色的原野上奔腾，尽情享受着上天赐予的食物。

随后，原野上一片静谧。

北极狐卡图格

[加拿大] 欧内斯特·西顿

夜里的叫声

奥拉克山是一座海拔很高的山峰，到处是悬崖峭壁，山的旁边是一条冰封的海峡，这条海峡把肯特海岬和幅员辽阔的沃拉斯顿分割开来，并和远方那冰冷刺骨的北冰洋相连。

洛基岛是一座纬度很高的小岛，因为与陆地相连甚少，所以它看起来有些缥缈。来这里的人只有靠近它才能看清岛上那呈长条状起伏不定的北极冰原。尽管它是一座岛屿，但因为四面都被海水环绕，因此即使是从奥拉克山顶俯瞰，也需要一双"火眼金睛"才能看清岛的全貌。

这里既没有房屋，也没有船只，看不出任何人类活动的迹象。尽管如此，春天还是早早地到来了，宽广的雪原上零星地露出几块潮湿的黑色土地，上面已经冒出些许绿色植物的嫩芽。

白鸥们有的在附近翱翔，有的在岸边啄食小虾；小海鸥们有的在天空上高高地飞翔，有的在海浪里翻腾跳跃。这座岛上生机盎然，各种生物源源不断地涌现出来。奥拉克山的悬崖峭壁上落满了来这里栖息的白色鸟儿。它们或是像蜂群一样集结在空中飞翔，或是排成纵队，在一起栖息，发出刺耳的叽叽喳喳声。可是，在红彤彤的太阳慢慢地落山之后，这些鸟儿都渐渐地安静下来。凌晨时分，就连鸟儿们发出的轻声梦呓都渐渐平息了下来。这时，另外一个声音却响了起来——那个声音悠远而绵长。

"嘎——喔——

嘎——喔——

呦——嘎——喔——

嘎——喔——

呦——呦——呦——"

那不是鸟儿的叫声，因为那个声音十分沙哑。那个怪异的叫声停下之后，过了一会儿，又从另外一个地方传了过来。那个声音来自一种小型野兽。这种野兽一直在山上待着，但叫起来的时候，总是不停地变换位置。生活在北极草丛里的旅鼠和住在悬崖上处于迷迷糊糊状态中的海鸥都对这个声音特别熟悉，因为这声音来自它们的敌人——北极狐卡图格，它在夜里发出的歌唱，也叫"春之颂"。旅鼠和海鸥还知道，这也是北极狐卡图格的求爱之歌。

尽管五月刚到，但是卡图格身上的毛皮已经变成雪白的颜色。它待在雪地里的时候，谁都发现不了它。但要是它站在石头上或是映衬在蓝天下，就非常容易被发现。卡图格朝45°斜角的方向扬起它那小巧的黑鼻头，冲着安静寒冷的空气唱起它那支求爱的歌曲：

"嘎——喔——

嘎——喔——

呦——嘎——喔——

嘎——喔——

呦——呦——呦——"

卡图格几乎不怎么打猎，吃得也很少，它只是忙着四处游荡——去西边，去东北边，去东边，整个晚上就这么转来转去，一边走，一边唱着那支曲调凄厉的歌。可它自己却丝毫意识不到自己是在唱歌。它只知道一点——自己是一只形单影只的狐狸！

要是你知道大自然母亲早就把成功秘诀告诉过北极狐卡图格的话，那你就不会觉得有什么大惊小怪的了。大自然母亲说："想要成功，就必须学会推销自己；要是特别想要某件东西，就必须把自己的想法散播出去。"为了取得成功，大自然母亲用毛茸茸的尾巴和各种颜色把卡图格装扮起来，还制订了一个总体的计划：在自己必经的道路旁边适时地放置一些石头，然后把愿望和需要都涂画在这些石头上，要是有谁看懂了这些密码，那它自然而然会理解自己；要是想把入侵者赶得远远的，那就在石头上泼洒绿色和黑色，因为绿色代表嫉妒，而黑色代表死亡；要是肚子饿了，就在石头上画一个小白条；要是自己恋爱了或是被伴侣抛弃了，就在石头上喷上红色。

其实，大自然母亲并没有赋予卡图格这些颜色，却赐予了它一条毛茸茸的大尾巴，上面虽然没有任何颜色，却能发出特别强烈的狐臭，并能随着北极狐的心情发生变化。卡图格行走的时候，会经常停下脚步，用狐臭把它的悲伤"涂抹"到石头上。夜晚就这么过去了。

婚礼

节省时间是五月间北极地区动物们的惯例——北极地区的动物们在白天开始和结束的时候格外珍惜时间，它们用这种方法度过漫长的黑夜。在越发昏暗的薄暮中，卡图格走了过来，它一边走，一边唱着那支曲调凄厉的歌曲，永无休止的风像无线电一样，把那声音传播出去。卡图格还闻了闻那些它在石头上留下的气味记号。

每天，海鸥都会成群结队地来到这里。海岸上的冰层融化了，沙滩重新露了出来，大海母亲在上面撒下厚厚的一层小虾米，这种食物味道鲜美，用来填饱肚子是再好不过了。当然，鼠类和鸟类并不爱吃这些东西。

除了孤独，卡图格的生活并没有什么艰难之处。第七个灰色的夜晚来临了，卡图格还在尖声唱着那首忧郁的歌曲。

卡图格把这首歌唱了77遍，直到半夜，1英里[①]外的地方才传来迟缓的回应，那是一声拉长的尖厉声音。海鸟们会把这个声音当成同类的鸣叫而充耳不闻，北极兔可能把它当成冰块从岩石上坠落的声音，驯鹿可能把它听成柳枝婆娑的声音，老鼠听见这个声音，可能会说"我那流落远方的兄弟今

---

①1英里=1.60934千米。

晚可能要挨冻了"。只有卡图格心里非常明白这个声音是什么意思,它扬起自己那嗅觉灵敏的小黑鼻子,棕色眼珠闪闪发光,快速朝前面跑去。

要是你在夏天的时候去北极地区,不论在哪个地方登陆,你都会立刻发现动物们的身影。一旦你发现了其中一种动物,那么在附近发现另一种动物也不需要很长时间,因为野生动物喜欢群居,在它们之中,很难见到离群索居者。

当卡图格赶到那个声音的源头时,它马上用那双夜间可以视物的锐利眼睛把这片棕色的冰原仔细地扫视一遍,立刻发现一个白点躲在柳树林后面,而且这个白点还在随风摇摆。就在那个白点摇摆不定的时候,映衬在铅灰色的天空之下,另外一个白色身影出现了。那个身影动了一下,惯于泄密的夜风传来的信息让卡图格知道:附近有两只狐狸,都是他的同族——一只是雄狐,另一只则是可以成为它称心如意的妻子的雌狐。

这是自然界中永恒存在的三角关系,但大自然母亲很快就会解决这个难题。卡图格清楚:这是一只极其迷人的雌狐,而且它是心甘情愿要和自己在一起,因为它回应过自己的呼唤声。可是,这里还有一只雄狐,它对这只雌狐也有一些想法。

卡图格的直觉非常可靠,它肯定能够把这个难题解开。它在一道山脊上立起来,挺直身体站立着,嘴里哼唱着那首古老的歌曲。山脊那头的对手也站直身体,唱着同样的歌曲。

那个躲在柳树林后面的"红颜祸水"待在那里没有移

动，只是拍了拍自己的尾巴。接着，卡图格慢慢朝前走去，它的姿势很僵硬，身体依旧挺得很高。就在它行动的同时，它的对手也在慢慢接近柳树。按照惯例，要是一对雌雄狐狸看对眼了的话，此时的雌狐应该立即站到自己未来丈夫的那一边。可是，这只雌狐没有任何反应，只是摆动着它那条狐狸尾巴。

两只敌对的雄狐越走越近。它们之所以放慢步伐，显然是因为想要维护自己的尊严，可是，在外人看来却更像是小心谨慎。在距离对方五步远的地方，它们都停下了脚步，看着对方，然后慢慢转圈。通过夜风，每只狐狸都能嗅到对方的一些信息。它们都做好了战斗的准备，可谁也不愿意先动手。它们就这么站着，看上去一动也不动，实则内心如擂鼓一般。

柳树林后面的狐狸尾巴又晃动了一下。

这两个对手都咆哮着朝对方逼近，向对方展示着前腿以示威胁，在它们身后，两条巨大的白色尾巴高悬着。它们用眼睛留意着周围的情况，低声吼叫着，发起佯攻，然后越靠越近。它们挪动着纤细的狐狸腿，避开对方的攻击。它们的牙齿都闪着寒光，一门心思朝对方浓密的皮毛和脖颈上的位置发起攻击。

这两只狐狸战斗起来像是两个羽毛枕头纠缠在一起。几次剧烈的对抗之后，卡图格占了上风。它居高临下地看着对手，怒吼着，把满嘴的白牙都亮了出来，但是并没有踩在对手的身上。这是个失误，因为战斗还没有结束，对手抓住这个机会，一口咬在卡图格的脚掌上，那可是狐狸全身上下最脆弱的地方。卡图格挣脱脚掌，依然朝对手咆哮着。那只雄狐在地上躺了一小会儿，好像有点缓过劲来了，一挺身站了起来。两只狐狸之间的战斗又开始了。

卡图格在体重上的优势很明显，它像之前一样把对手放倒在地。它们这场兵不血刃的近身搏斗一共进行了三次，那只雄狐每次都落败，最后只好逃走了。

柳树林后面的那条白尾巴还在摆动着。

卡图格看着对手落荒而逃的样子，脸上露出一派庄严无比的神色。然后，它稍微整理一下自己脸上的表情，昂首阔步地朝柳树林里走去。那只雌狐立起身来，快速躲到柳树干后面。卡图格绕过柳树干，那只雌狐则趁机跑远了。卡图格紧追不舍，很快就赶上了它。雌狐龇着牙，威胁地看着卡图格。

此时，卡图格确定了这只雌狐就是它的"良药"，能够抚慰它所有的痛苦。在它的内心深处，希望和欲望之火在熊熊燃烧。雌狐还在朝前奔跑，卡图格又追上了它。可是，它那张怒气冲冲的脸上却还没有任何要接受卡图格的迹象。它们还在躲躲追追，这场闹剧一般的追逐战持续了很长时间。然后，百思不得其解的卡图格在地上躺了下来，那只雌狐也在地上躺了下来——只是与卡图格隔开一段距离。

卡图格等待了一小会儿。它朝周围瞥了一眼，发现那只被打败的狐狸正在附近的一座山梁上朝这边看，这让它变得躁动不安。它再次朝那只可爱的雌狐走了过去。卡图格一边走，一边小声地呜呜叫着。然后，它停下脚步，蹲伏在地上。雌狐慢慢地朝后退着，恰好退到了两块石头的后面，眼睁睁地看着卡图格朝自己越走越近。卡图格呜呜地叫着，雌狐也吼叫着，龇牙咧嘴地怒视着卡图格。

卡图格朝后退了几步，然后躺在地上。雌狐蹲伏在石头后面。这时，从卡图格附近的草丛里传来一阵窸窸窣窣的响动，原来是一只雪白的旅鼠。卡图格飞身扑过去，活捉了那只旅鼠。卡图格慢慢朝那只蹲伏在石头后面的雌狐爬过去。它把那只旅鼠放在雌狐的脚边，然后退了回去，但眼睛一直看着雌狐。雌狐犹豫了一会儿，慢慢地伸出它那秀气的黑鼻头闻了闻，然后用嘴巴衔起那只余温尚存的旅鼠，小口咀嚼了起来，旅鼠肉鲜美的味道立刻充满了它的齿颊，接着，它便心满意足地把旅鼠都吞到肚子里。

每只雌狐都有自己的身价。眼前这只雌狐的身价是一只肥硕的旅鼠，至少目前看起来是这么回事。因为当卡图格再次鼓起勇气朝它走近的时候，它没有往后退，只是放低身子，蹲伏着。卡图格谦恭地走近雌狐，轻柔地舔着它的鼻子、耳朵和脑袋。一开始，雌狐没有任何反应，也没有发出任何声音。可是，过了一会儿，它小声地发出一阵咕噜声，回应着卡图格。

卡图格和妻子莉雅古的婚礼就这么完成了。

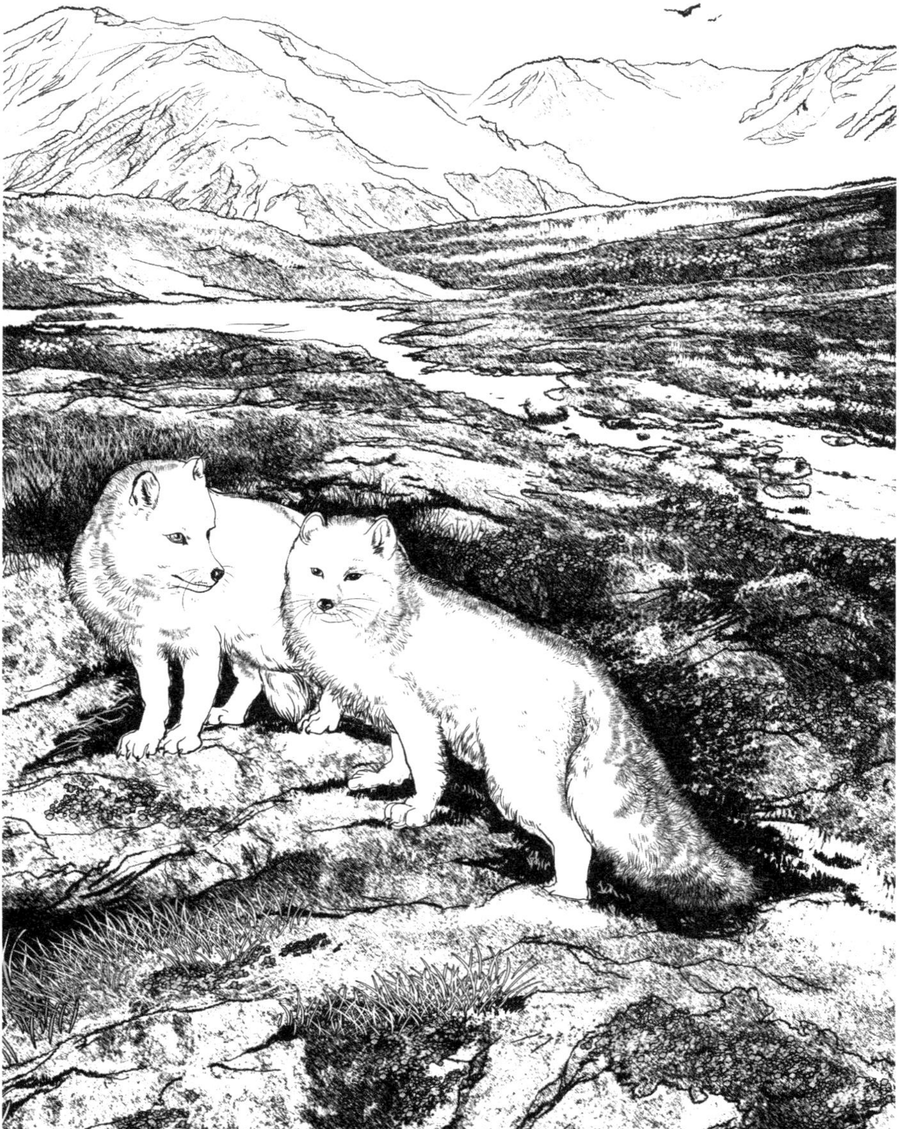

建筑爱巢

对那些今年想要在北极地区挖掘洞穴的动物,我通过什么方式才能告诉它们最好等一段时间再动手呢?要是可以的话,最好等到夏天再挖,因为在其他季节,地下稍深一点的地方,都是像石头一样坚硬的冰冻层。

赤手空拳是挖不动地上的冰冻层的,当然,其他的狐狸夫妻都已经把窝安置好了。卡图格夫妻俩正开心地过着它们的小日子,一起捕猎、一起嬉闹,相互熟悉,越来越了解对方,共同遵守着某些法则。比如,当前方可能发生争战的时候,雄狐一定要奋勇向前;当需要选择去哪里散步的时候,则由雌狐决定;最后,选择在何处建巢的权利也是雌狐的。卡图格和莉雅古是一对很年轻的狐狸夫妻,它们刚度完蜜月,正准备找个地方建筑爱巢呢。

卡图格建议在悬崖下面建窝,可对于这个想法,莉雅古只是从鼻子里"哼"了一声,它的决定是在低矮的小山之间的那片开阔地上筑窝。

在那片开阔地上,有两块大石头,相隔有一肩宽的距离。莉雅古开始挖洞。五月的北极,阳光非常强烈,炙烤着那片光秃秃的棕色沙地。表层的霜冻已经被除去,尽管这里布满柳树根,但还是很容易就扒开了,沙壤土很快就被扒出一只手掌的深度。接下来,莉雅古就被泼了一桶冷水——下面出现了一层坚硬的冰冻层,冻得结结实实的,跟石头似的。

莉雅古垂头丧气地罢工不干了，卡图格接替了它的工作，继续挖洞。可是，这个工作就像是抓挠一块花岗岩似的，一点成效都没有。于是，年轻的狐狸夫妻只好放弃挖洞的工作，把剩下的时间都用来捕猎。

建造一个洞穴对这对狐狸夫妻而言并非迫切的需要。因为狐狸一族可以在任何地方睡觉休息，只要这个地方能避风就可以。狐狸身后都长着尾巴，像一条温暖厚实的毛毯，尾巴卷起来的时候，可以覆盖狐狸身上其他怕冷的地方，如四脚和脸部，帮它们取暖。即使是暴风雪的时节，狐狸也可以过得很惬意；何况现在还是春天，卡图格和妻子莉雅古蜷缩在一起睡觉，一点寒冷的感觉都没有。要是再盖上其他东西，它们可能还会感觉难受呢。

那为什么还要急着挖洞呢？其实，这是大自然母亲暗中催促它们这么干的。这个狐狸洞可不是为它们准备的，而是为了……原因你稍后就会知道的。

第二天，还在蜜月期的狐狸夫妻又游荡到沙窝附近，尽管它们昨天一无所获，莉雅古还是在两块用来掩人耳目的大石头之间干起活来。

让它有点吃惊的是，地面竟然又可以挖得动了，那个洞陷了下去，比一只手掌的长度还要深一些。结果，它又遇到一层坚硬的冰冻层了，它只好把挖掘工作交给卡图格。可是，卡图格费了半天力气，也还是挖不下去。应该让冻土层接触一下外面温暖的空气，这样才能让这层妨碍它们进度的冰层融化。可是，它们不懂这个道理，只好又放弃了，心里充满了挫败感。

一个月的时间就这么过去了,它们的狐狸洞一天天加深。终于,狐狸夫妻打通了冻土层,把狐狸洞延伸到沙土层。此时,挖掘工作变得很轻松,隧道很快就被挖得很深,一直通到深山里——洞的深度有五只狐狸的身长那么长,洞口位于两块紧邻的大石头之间,它们必须缩着肩膀才能挤过去。在隧道里面稍微斜上方的地方,它们又挖了一个黑洞洞的圆洞口,足够莉雅古和小狐狸们居住,这个洞不透光,而是一个干燥的黑洞,连一扇窗户都没有。

两个月的时间在北极的冰面上滑了过去,天气逐渐热起来,太阳的光芒洒在冰冷的绿色海面。现在,卡图格和莉雅古已经是非常亲密的伴侣了。它们的蜜月期已经结束,它们之间的关系也变得更加牢固。它们一起捕猎,一起玩耍,共同爱好就是去参观它们的狐狸洞。可现在,它们之间似乎有了一些让人费解的变化。

有一天,卡图格看见莉雅古捉到一只旅鼠,然后回到狐狸洞里,把旅鼠肉埋进深深的沙土里。卡图格看见莉雅古做完这一切之后就离开了。卡图格面色凝重地走了过去,想要仔细查看一番埋藏旅鼠肉的地点。可还没等它走近,莉雅古就冲了回来,在沙土上站着,还亮出自己的牙齿,面目狰狞地朝它咆哮着。很明显,它是想把卡图格吓走。卡图格默不作声地退了回去。

后来,莉雅古埋藏的食物更多了。有一次,它朝狐狸洞里走去的时候,卡图格跟在它身后,它突然转过身来,示意卡图格出去!

卡图格和莉雅古之间的隔阂似乎越来越深。它们已经一个星期没待在一起了,卡图格每次想要和解的时候,都只收到莉雅古冷冷的回应。

有一天,莉雅古整个早上都没有露面。卡图格到处找它,最后来到狐狸洞。它还没走进去,就听见莉雅古的声音——它知道莉雅古在里面——像要爆炸似的,似乎在恶狠狠地命令它:"滚出去,滚得远远的!"

可怜的卡图格啊!它还能做什么呢?它只好悄悄地退出去。它站在远处的一座小山上,朝狐狸洞这边观望了好长时间。它沮丧极了,就跑去捕猎了。这里的悬崖上到处都是海鸥。此时,它们的雏鸟刚刚长出羽毛,又大又肥。卡图格知道接近这些海鸥的办法。它爬到悬崖下面突出的那块岩石上去,放开胆子往下一跳,就落到了海鸥中间。衔着战利品,卡图格又冒险朝下方跳去,落到了地面上,然后,卡图格嘴里衔着一只肥大的海鸥雏鸟,朝狐狸洞走去,它那个暴躁易怒的妻子正待在里面。

卡图格把雏鸟肉从狐狸洞口塞了进去,又轻轻呼唤了几声,它听到狐狸洞深处传来一阵咆哮,算是对它的回应。接下来,它就去忙其他事情了。那天晚上,它回到狐狸洞的时候,发现雏鸟还在原来的地方;但第二天一早,那只雏鸟却不见了。

从此之后,卡图格就开始为妻子准备食物。它每天都会把卡图格送来的食物取走,这已经成了它的习惯。可是,它们却已经有很多天没有见面了。

时间一天天过去了，北极地区的夜晚开始变短，白昼变长，狐狸洞附近的青草已经高得要没过头顶了，小雪鸟们的羽毛已经长齐。当卡图格嘴里衔着一只北极兔给妻子送过去的时候，它发现妻子正坐在狐狸洞口的土堆上晒太阳。卡图格放轻脚步，朝妻子走过去，莉雅古则始终观望着洞口。卡图格把头伸过去，向妻子献上礼物。莉雅古的心情很愉悦，它已经恢复了原来的样子。卡图格很受鼓舞，于是它试着爬进狐狸洞，在确认没有听到妻子威胁的怒吼声之后，便接着朝洞里爬去。在一片幽暗之中，它听到一些细细的呜咽声。卡图格的直觉告诉自己：莉雅古生下了一窝小狐狸。卡图格把北极兔放在洞里，随后轻手轻脚地退了出去。

过了一会儿，卡图格又回到狐狸洞里，恰巧碰上小狐狸们刚刚学会睁开眼睛。不过，对这件事情，狐狸父母却没有多想。这是一个新阶段的开始。从这天起，卡图格每天都会过来，进入狐狸洞，跟它的家人在一起待一会儿。最后，莉雅古允许卡图格跟小狐狸们待在一起，而自己则会跑到狐狸洞外，全身舒展地躺在土堆上晒太阳。

卡图格去捕猎

一些从城里来的游客会把岛屿想象成一个可怕又贫瘠的荒凉之地；自然主义者则会把岛屿看成福乐之地——拥有神奇美丽的植物和有趣特别的动物。而在卡图格的眼里，岛屿是一个适合抓到美味猎物的好地方。长满藤蔓植物和柳树的山谷里不是聚居着成群的旅鼠吗？开阔的冰原上不是跑满个头儿跟自己差不多大的肥硕北极兔吗？沙坡上不是住着皮毛发黄的土拨鼠吗？海岸线附近不是筑满珩鸟和矶鹬的窝吗？高草丛里不是藏满野鸭、野雁和少数天鹅吗？雷鸟虽在天上高飞，但在较为干爽的地面上，不是还有雪鸟和鹨鸟吗？在高高矗立着的奥拉克山上，斑斑点点地散布着胸口长着白色羽毛的各种海鸟，海鸟蛋和小海鸟们也是狐狸捕食的对象，可以从五月一直享用到六月。最后也是最稳定的食物来源就是小虾，多到数都数不清，有时还有一些小鱼。狐狸们偶尔还能吃到漂到海岸上的肥硕的海豹，它们都是被深海里体格更为强壮的动物杀死的。

　　当然，岛上也有一些狐狸的天敌。就在沃拉斯顿旁边的一道山脊上，有一对居住在洞穴里的白狼夫妻；狼獾也很常见；大白熊纳诺克也经常穿越海峡，从陆地上赶过来，用鸟蛋来填饱肚子，或者把搁浅在海岸上的鲸鱼肉胡吃海塞一通。就像是封建社会里的统治者一样，大白熊纳诺克也把掠夺当成自己的特权，把借住在它的领土上的动物们当成自己贮藏的食物，以彰显自己的支配权，并试图告诉其他动物：这座岛屿就是大白熊的聚宝盆。

　　冰原上地势较高的地方长满青草，有一些体形庞大的驯鹿在那里生活，它们都是些高贵的动物，因为体形很庞大，所以不太容易成为狐狸们捕食的对象。它们的性格都很温和，也不会对狐狸一族造成任何伤害。

因此，奥拉克岛就成为狐狸夫妻捕猎的天堂。对于不同种类的猎物，卡图格有不同的方法来对付它们。捕杀旅鼠的时候，卡图格会把四条腿都直立起来，站得高高的，昂首阔步地走进旅鼠躲藏的地方，然后，站住身子，保持一动不动的姿势，等到附近的苔藓松动起来，或者草尖晃动起来的时候，就说明旅鼠就在下面藏着。这个时候，卡图格就会高高地跳跃起来，看都不用看一眼，就能把旅鼠抓到。

北极兔是一种上好的猎物，个头比卡图格还大一些。北极兔的视觉、听觉和嗅觉都跟狐狸一样灵敏，而且北极兔的腿很长，跑起来飞快。不过，北极兔有一个习惯，也是它们致命的弱点——总喜欢窝在石头堆或灌木丛里，为了避风，还得把左右两边都挡住，只留面前一条通道。为了避免北极兔逃跑，卡图格制订了一个巧妙的抓兔方案：勘察好北极兔的位置之后，卡图格就会大摇大摆地从距离兔子大概五十步远的地方走过去，绝对不会朝那个长耳朵的家伙看一眼。在北极兔还能清楚看到它的地方，卡图格会绕着北极兔飞快地转一个大圈，而此时的北极兔依旧坚信自己没有被狐狸发现。每一圈快结束的时候，卡图格会朝圈里靠近一点。转完五六圈之后，卡图格与北极兔的距离就非常接近了。从某种程度上讲，这个时候的北极兔已经习惯狐狸在自己身边了，甚至会产生一种虚假的安全感。一旦把北极兔那条唯一的逃生之路给堵上了，卡图格就会转过身来，朝北极兔扑上去。卡图格失败了好多次，只偶尔成功几次。但当它咬住北极兔时，卡图格便沉迷于获得食物的喜悦之中——这样一只美味的北极兔可以让它吃上好几天。

斗智斗勇

在奥拉克山上，说到斗智斗勇，只有一种动物能与卡图格旗鼓相当，那就是雷鸟妈妈。卡图格知道在那个用来掩人耳目的土堆旁边有一个鸟窝。这一天，卡图格一直在找这个鸟窝，终于让它给找到了。可是，它来迟了一步。鸟窝里只剩下几个空蛋壳，小雷鸟们已经孵化出来了，正跟在雷鸟妈妈的尾巴后面跑动。卡图格到处走动，想要找到小鸟们，终于发现了它们留下的足迹。

发现卡图格正朝自己这边走来，雷鸟妈妈叫起来，发出一阵警告声，让小雷鸟们分散开，都躲到苔藓底下去。然后，雷鸟妈妈在地上扑棱几下翅膀，在距离卡图格不到五十步远的地方，看着它。

多好的运气啊！竟然碰到一只翅膀坏掉的雷鸟！卡图格兴奋地朝它的"战利品"冲过去，一心想把这只雷鸟抓住。然而不知道怎么回事，雷鸟妈妈竟然逃出了卡图格的魔掌。卡图格一次一次地扑过去，每次都是差一点就能抓到，可是，每次雷鸟妈妈都能恰巧躲过，它似乎总能比卡图格跳得远一点。就这样，雷鸟妈妈逗引着狐狸翻过了小山，进入到远处的峡谷。看到小雷鸟们都安全了，雷鸟妈妈发出几声嘲笑，然后飞走了。

卡图格呆住了，它很奇怪雷鸟的翅膀怎么会恢复得那么快。它没有出声，只是静静地看着。

一个小时之后，雷鸟妈妈就悄悄地飞了回去，把孩子们都召集起来，带着它们安全地回家了。

社交聚会

人类世界中的年轻人会举办他们的初次社交聚会，狐狸世界也是一样。只是它们的社交聚会跟人类的有点不一样。

一天，卡图格回家的时候，嘴里衔着一串旅鼠。这时，莉雅古正在狐狸洞口晒太阳。坐在它旁边的是两只矮墩墩的小狐狸，身上的毛呈蓝灰色，脑袋圆圆的，尾巴很短，就像两只小老鼠似的，但它们的眼睛都是狐狸特有的那种，非常明亮。这是它们第一次踏出狐狸洞，所以对周围的一切都特别感兴趣。

看见父亲远远地回来了，两只小狐狸立刻转过身，想跑到狐狸洞里躲起来。幸好狐狸妈妈树立了一个好榜样，它一动不动地站着，看到狐狸妈妈没有行动，小狐狸们也没有再试图跑回洞里。它们都爬到妈妈的身子底下，从妈妈的腿缝里往外偷看。

狐狸爸爸卡图格从峡谷里一路走下来，又从岸边爬上来。卡图格把旅鼠放在地上。莉雅古用嘴巴叼起一只，小狐狸们学着妈妈的样子，脚步跄跄地跑过去各自叼起一只旅鼠。它们什么都不会做，只是胡乱地把脸埋进旅鼠的汁肉里。不过，对它们来说，这已经是一次很让它们激动不已的经历。接下来的一个星期，只要天气晴朗，五只小狐狸就都会从狐狸洞里出来，急切地守望着爸爸妈妈带着猎物回家。

入侵者

猎杀者早晚都会被别的动物猎杀，这是自然界的一个法则。整个春天和早夏，卡图格和莉雅古夫妻俩都过着快乐的日子。现在，它们的生活发生了变化。

卡图格正沿着开阔的海滩觅食，这时，它突然发觉自己正在被监视着——监视它的是一只陌生的大型野兽，它躲在海岸附近高高的草丛里。卡图格停下脚步，一动不动地站着。那个"入侵者"只是盯着卡图格，没有采取任何行动。

那只大型野兽是一只比卡图格要庞大得多的白狼。它全身发白，只有脑袋和后背是灰色的，宽阔的后背和浑圆的肩部充满了力量，黄色眼睛里透射出恶狠狠的光，非常吓人。卡图格背上的寒毛都立起来了。它转过身，想要逃跑。那只白狼在后面紧追不舍。要是在深深的积雪中追赶，白狼凭借腿长的优势很快就会追上卡图格。可是，现在是在平坦的开阔地上，因此卡图格还是安全的。卡图格在前面飞奔，大白狼在它身后追赶。过了一小会儿，卡图格冷静下来了。它跑起来像风一样快，这让它感到很安全。现在，它只想着把大白狼引开，不让它靠近狐狸洞和自己的家人。

可就在这个时候，一件棘手的事情发生了！

莉雅古朝卡图格的方向看了一眼，发现它正在飞跑，以为丈夫正在追赶北极兔，于是她像往常一样，爬到冰原上，想看看有没有什么可以帮忙的。此时，比起卡图格，大白狼发现自己离莉雅古更近一些，所以它马上掉头，朝莉雅古冲去。毫无防备的莉雅古一下子慌了手脚，做出一件它在清醒的状态下永远也不会做的事情——它蹿进了狐狸洞，跟吓坏了的小狐狸们窝在一起瑟瑟发抖。

大白狼把自己硕大的脑袋伸进狐狸洞口，狐狸洞里立马漆黑一片。大白狼抽着鼻子闻里面的味道，这可把里面的狐狸都吓坏了。大白狼闻得出来，狐狸就在洞里不太远的地方。它已经把狐狸堵在里面了，把它们挖出来简直就是易如反掌。作为一位慈爱的父亲和亲密的伴侣，可怜的卡图格承受着所有的痛苦，眼睁睁看着自己最爱的亲人即将被捕，而它只能站在一旁看着，却什么忙也帮不上。

那些松软的沙土真是再好挖不过了。过不了多久，大白狼就能抓到它们。这时，卡图格才觉得莉雅古挑中此处建狐狸洞真是太明智了。虽然在狼爪的挖掘之下，洞口的沙土已经被清扫到旁边，但那两块坚固的石头可就不容易对付了。那两块石头就矗立在那里，纹丝不动，牢牢卡住大白狼想要伸进狐狸洞的脑袋。这使白狼怒不可遏，它不停地用牙齿和爪子撕扯着石头，可都是在白费力气，两块石头依旧毫发无损地矗立在那里。

可怜的卡图格站在远处的一道山脊上呜咽着，它承受的痛苦一点都不比妻子少。可是，当它转过身来，号叫着发泄自己的悲伤情绪的时候，它渐渐意识到一个事实，那就是虽然大白狼还待在狐狸洞外，但狐狸洞口的两块大石头像两个不可战胜的守卫者一样保护着狐狸洞。这就是说，它的妻子和孩子们都是安全的，到目前为止都没有受到任何伤害！

卡图格放心了，它全身都贴在地面上，一边休息，一边继续观察。大白狼放弃了对狐狸洞的进攻，它灰头土脸，又气又饿，只好去寻找其他更容易抓到的猎物了。

狐狸们再见到这只大白狼，已经是几个月之后的事了。

从海鸥嘴里夺食

莉雅古和卡图格喜欢吃的食物大相径庭，它们获取食物的方式也截然不同。

在夏季开阔的海面上，北极鳟鱼会经常跳出水面，拍打出银色的水花。这是一种肥硕的大鱼，吃起来非常鲜美，诱人极了。可对于狐狸来说，这种鳟鱼似乎跟天上的月亮一样遥不可及。海鸥羽毛上闪着银光，在头顶的天空穿过，还有一些则摆出一副正儿八经的表情，警惕地栖息在悬崖上。海鸥的外形看起来一半像野鸭，一半像老鹰。它们可以潜到水下，把漂浮在浅层海水里晒太阳的大鱼抓起来，然后像闪电一样腾空而起。尽管这些大鱼游得很快，但它们始终还是太靠近海平面了。

这些海鸥都是非常精明的捕鱼好手，它们不去洗劫海岸上的鸟窝的时候，就在那片深绿色的海面上空快速地滑翔着，等待昏昏欲睡的鳟鱼露头。

卡图格很清楚这些海鸥是如何捕鱼的，它也想试试这个方法。

一个明媚的早晨，没有刮起北极地区最常刮起的大风。一只海鸥正像老鹰似的在海面上滑翔，低着头，左右甩动着它那尖利的喙，因为它正轮换使用左右两边的眼睛，注视着底下那宽阔的绿色海面，期待着出现更多的鱼。

卡图格趴在岸上，注视着那只海鸥。那只像海盗一样的鸟儿在空中盘旋了一圈又一圈，然后停住了，它展开它那条长长的尾巴，把上面的羽毛都分散开，朝海面俯冲下去。溅起一阵小水花之后，海鸥冲出水面，嘴里衔着一条大鱼。那条鱼真的太大了，以至海鸥那大而有力的翅膀都有点吃不消。海鸥沿着浪花翻飞的银色海岸线飞向岸边，它飞得很急，生怕那条鱼从它的嘴里滑出去，尽管它的嘴巴非常有力，而且嘴尖上还有一个弯钩。海鸥终于飞到海滩上了，它飞得很快，费了好大的力气才把那条不停拍打着海水的鳟鱼从水里拖上来。这时卡图格迅速冲了上去——抢夺强盗抢来的东西，是天经地义的事。

那只大海鸥立刻放下鳟鱼，弹跳起来，因为它对卡图格咧开的血盆大口害怕极了。海鸥朝空中飞去，嘴里发出尖叫声，警告卡图格，也可能是在呼唤同伴来帮忙。可是，谁也没有来。卡图格张开嘴巴，用力衔起那条光滑的鳟鱼，像护住自己的宝贝似的，飞快地跑走了。

等跑到了一个安静的角落里之后，卡图格才为自己抢到的大餐高兴得不得了。卡图格先把自己的肚子填饱，然后把剩下的鱼肉用嘴巴衔着，飞快地穿过沙丘，朝自己的洞穴赶去。它的身后留下一排整齐的脚印。

小狐狸的快乐时光

谁都希望自己回家的时候能受到热情的迎接，最完美的迎接方式就是一个深情的伴侣带着几个健康可爱、活蹦乱跳的孩子。

妻儿对卡图格的热情迎接绝对是真诚的。那几只长着灰色皮毛的小狐狸和换上夏天棕色皮毛的莉雅古都朝它冲了过去，就像一群小狼一样。它们都开心地叫着，因为看见了捕猎回来的父亲，也因为看见它嘴里衔着一块食物。

卡图格把鳟鱼肉高高地举起来，想要逗逗自己的孩子们，馋得五只灰色的小狐狸都快把嘴巴粘到鳟鱼肉上去了。一等卡图格放下鳟鱼肉，小狐狸们就像是放学的孩子一样，立刻冲了上去。狐狸爸爸和狐狸妈妈则在一旁看着，它们的脸上绽开欣慰的笑容，嘴角都快咧到耳朵根了。鳟鱼肉被撕成碎片，把这一群心情愉悦、眼神明亮的小狐狸喂得小肚皮滚圆。

现在，狐狸妈妈的奶水越来越少了，所以小狐狸们的食物清单变得越来越长，食物种类也变得越来越多。狐狸父母每天都会给它们带回各种不同的食物。如果想获得更多的食物，小狐狸们必须自己张罗。

当莉雅古感觉自己快要分娩的时候，在大自然母亲的指导下，它把捕捉到的旅鼠和其他一些猎物深埋到土地里。它挖的贮藏洞很深，一直挖到冻土层，正因为这个原因，那些猎物都被保存得非常好。这些食物可能是莉雅古给自己准备的。不过，丈夫卡图格总能带回来各种食物，因此，莉雅古完全不需要动用自己储备的食物。现在，这些贮藏起来的食物有了新的用途，这个新用途有可能连狐狸妈妈都没有料到，可是，大自然母亲没有忘。

现在，小狐狸们的身体已经开始发育，它们肆意挥霍着充沛的生命力和活力，就算是啃咬小树枝和到处挖洞这样的事，在它们看来，也都非常有趣。现在，小狐狸们的智慧在突飞猛进地增长，能够很快找到藏在附近的食物，再加上它们的本能，使得它们很快就把母亲分娩之前埋藏的食物找出来，它们就这样学会了一门非常重要的生存课程。知识就像是一颗种子，在这一群小狐狸心中生根发芽、茁壮成长。

家有狐狸初长成

卡图格在奥拉克山上的日子真是愉快极了，食物充足，夫妻关系融洽，跟孩子们也亲密无间。虽然天气恶劣了一点，但凡事不能太苛求完美。它的身体还很健康，充满力量，一天捕食一次的日子虽然没有什么值得兴奋的，可是，那满满的成就感足以胜过一切，捕猎成为最令卡图格愉悦的事情。卡图格幸福的酒杯已经满了，甚至还在欣然往外溢出，它已经不再奢求更多了。

现在，小狐狸们已经快要成年了。它们肆意玩闹的样子有时看起来粗野得有点过头。一开始，它们张开嘴巴，互相追咬着对方的尾巴和耳朵，细嫩的牙齿不会给对方造成任何伤害，甚至还挺好玩。可是，小狐狸们的牙齿越来越长、越来越锋利，咬合力也越来越强，再加上它们精力充沛、热血沸腾，咬起来没有任何收敛的意思。小狐狸们不断增强的体能和独立性催生出一些奇怪的变化：卡图格和莉雅古开始远离它们的狐狸洞。

每天，狐狸夫妻都会带回大量的食物，可它们并不会把食物直接带到狐狸洞里，而是扔在离狐狸洞很远的地方。小狐狸们需要靠自己的能力把食物找出来，这是父母对它们的训练，但对小狐狸们而言，却是一种乐趣。

到了夏季末尾，猎物变得更加丰盛起来。虽然小海鸥们已经羽翼丰满，学会了飞翔，没有那么容易被捕捉到，但是数量相当可观的雷鸟很容易获得。海滩上每天都有搁浅的鱼儿，在长满青草的峡谷里，旅鼠一窝一窝的。

因为有那些肥胖的旅鼠，所以卡图格即使一天吃十二顿也不用担心食物匮乏。对狐狸夫妻而言，抓旅鼠可是一件其乐无穷的事情。于是，出于狐狸一族特有的本能，狐狸夫妻开始在远离狐狸洞的各个地点贮藏食物。之所以要远离狐狸洞，是因为卡图格不想让小狐狸们轻易找到这些食物。

于是，狐狸夫妻乐此不疲地四处活动，抓到很多只旅鼠。它们挖的贮藏洞穿过沙土层，直达冰冻层。卡图格和莉雅古把旅鼠放在冰冻层里冰冻着,然后覆盖上沙土。最后,它们在每个贮藏食物的地方都做了标记。

大自然母亲把毛茸茸的尾巴、狐臭和信号暗码赐予狐狸一族。卡图格用这些工具在一块最坚硬的石头上"涂写"了食物主人的标记和警告——这是我藏的,离它们远远的!

这样的标记,人类是感觉不到的。我们人类的鼻子太不灵敏了。可是,其他狐狸或是鼻子灵敏的野生动物就闻得出来,也可以读懂那些信息。

这会出现什么结果呢?

这些信息要是被四处游荡的狼或狼獾读懂,它们就会立刻动手挖掘,把这些食物夺走。这些信息要是被在附近游荡的其他狐狸读懂,它们是不会动这些食物的,除非此时它们已经饿疯了。

这就是贮藏食物的逸事。狐狸夫妻在食物非常丰盛的时候会捕获很多猎物,实际上,它们自己也不太清楚这么做的原因。这是不断督促它们采取行动的那些机遇和虽无法解释清楚但对它们而言很有助益的狐狸本能相互作用的结果。我把狐狸的这种本能拟人化了,称之为大自然母亲,大自然的精神,野生动物的守护者。

小狐狸长大离家

九月到了,更多的变化也随之而来。夜里寒风刺骨,白天也冷起来了,还经常飘着雪花。山坡上的青草开始变成棕黄色。北极地区那些枝干小巧的植物上都结出数量相当可观的果实。味道鲜美的野生黄莓个头尤其大，比黄莓的枝干还要大上十多倍；蓝莓果开始变紫，用它们的盛装打扮着整座山坡。要是捕杀的猎物不够填饱肚子的话，野生动物们还可以用这些野果来充饥。

小狐狸们大快朵颐地吃着食物，它们的食量在不断增大，身体也在不断成长。现在，小狐狸们的个头长得比它们母亲的还要高一些，它们对母亲开始有点不尊重了。它们会把母亲正在吃的一块鸟骨头夺过来，它们觉得这样做既好玩又理所当然。当母亲回到家的时候，小狐狸们会用尽全力朝它冲撞过去，把它撞翻在地，这也是小狐狸取乐的方式之一。小狐狸们的体力越来越好，而它们的放肆行为则使得家庭成员之间的关系变得非常疏远。

虽然炙热的爱情之火在卡图格和莉雅古之间已熄灭很久了，但它们之间产生了一种更为持久的关系，春天到来的时候，这种关系又会转化成一种有利于繁衍后代的亲情之爱。因此，当小狐狸们在母亲面前无法无天地闹腾的时候，卡图格会站在妻子这一边，全力支持妻子。它凭借强有力的嘴巴、体力上的优势和熊熊怒火，一次一次地把小狐狸们吓得四下逃窜，远远地躲开狐狸洞。不明白其中缘由的人肯定会以为这个狐狸家庭要四分五裂了。

狐狸父母把小狐狸们带到这个世界上来，在它们还小的时候，精心地照顾它们，带它们度过最容易出意外的时候，还教会它们如何捕猎。现在，这些小狐狸已经长成了成年狐狸，学会了各项求生技能，是时候让它们离开家，各自谋生去了。

夏天的时候，成年北极狐身上披着棕色的皮毛，小狐狸们的皮毛则是蓝灰色的。到了九月，它们就开始更换过冬的皮毛。到了十月，所有的北极狐，不管老的还是少的，都会把身上的皮毛换成白色，好在积雪中掩藏自己的身影。

当十月漫长的黑夜到来的时候，霜冻也随之而来，大地白茫茫一片，小狐狸们都离开家，奔向四面八方了。狐狸洞已经没有什么用了。卡图格和莉雅古也四处游荡，越走越远，它们每天都到有可能捕捉到猎物的地方去搜寻。

到了十月末，冷冽的霜冻期到来了，海峡里再也看不见大块的冰浮浮沉沉，因为海峡里的水都结上了一层黑色的冰层，把那些小冰山都冻住了，冰层还在不断地变厚变白，从奥拉克山上极目远望，整个世界都变成一大片高低起伏的雪原。这个时候，岛上的驯鹿就会在睿智的驯鹿老祖母的带领下，掉转身子，尾巴向着北风吹来的方向，穿过长长的海峡，远远地一路向南走去。雪鸟们早就不见了踪影，它们都聚集在一起，做好了远行的准备。面目狰狞的大白狼和妻子慢慢走着，远远地跟在驯鹿队伍的后面。驯鹿们跑得太快了，它俩追不上。可是，万一有好事发生呢？只要有一线吃到食物的可能，都是值得等待的。

从某种程度上讲，每只野生动物的内心都被一种本能推动着："离开，离开！远远地离开！离开这里去南方！"大自然母亲轻柔的低语声里，蕴含着一丝警告的意味，"恶劣的日子就要到来了。走吧！走吧！走吧！"

于是，那些长着翅膀的鸟儿都飞走了；海面上结冰之后，四条腿的动物们也离开了。大白熊纳诺克也跟着这些动物游荡了一段时日。小狐狸们也离开了，它们的离开既是出于对食物的渴求，同时也是出于对远行的渴望。海边的沙滩上散布的鱼虾早就不见踪影了；海鸥和雷鸟们都飞走了，北极兔跑得太快，根本抓不到，土拨鼠正在洞里冬眠；旅鼠都聚成一窝，安心地待在厚厚的积雪下。

狐狸家族中体格较弱的成员首先离开了，因为它们需要食物；体格强壮的狐狸还在原地逗留，因为它们可以捕捉到猎物，也禁得住饥饿。年龄最大的那两只小狐狸朝南方出发，但还不到三天就回来了。它们想着："熬一熬就过去了！"到了春天，人们发现这两只小狐狸还在附近活动。而那些年龄较小的狐狸都跟在驯鹿队伍后面，一直往南方去了，尽管它们吃一切能找得到的食物，但也经常一连几天都饿着肚子赶路。这支队伍越来越庞大。冬季过完一半的时候，它们就在赫德森海湾开阔的海岸上觅食，一路游荡。到了春天，队伍里存活下来的动物们都分散开了，在遥远的南方那片让它们水土不服的土地上奄奄一息；夏天还没有过完，它们就迷路了——就像古代那些游牧民族一样迷失了方向。它们都饥肠辘辘，去往南方的道路似乎被亚热带灼热的阳光蒸发了。它们像草原上的跳羚一样，聚在一起四处游荡，发疯似的继续前行，直到最终被那遥远的陌生海水所吞噬。

跟着强者有肉吃

卡图格和莉雅古留了下来。它们一度也被那种远行的冲动攫住。有一些日子，它们发了疯似的想要离开。群居的本能占据了它们的内心。于是，它们跟随着队伍游荡了几天。可是，当动物们都四散开来的时候，兽群就对它们失去了吸引力。卡图格和莉雅古最终没有离开，它们有两个坚守在这里的理由：它们拥有储藏在地下的食物，因此不用担心挨饿；再者，奥拉克山才是它们的家园。

这一回，它们没有一起行动，因为当两只狐狸一起进食的时候，一口食物就得分成两半，每只狐狸只能吃到半口。它们隔海而居，中间隔着很远的距离。它们到了沃拉斯顿，沿着蔚蓝色的肯特海岬一路漫游，寻找着新领地、新食物，并学习捕捉猎物的新技巧。

很多能力不太强的动物会追随能力强大的动物，并从后者的战利品中分得一杯羹。例如很多土狼会先等着，等到美洲狮大快朵颐地吃完猎物并走远之后，它们才走上去吃剩的，以此换得虽然危险但富足的生活。卡图格也学会了类似的方法，这种方法很简单，而且能保证有美味的食物填饱肚皮。

大白熊纳诺克大摇大摆地走过来了，它费力地挪动着沉重的身体，不停摇晃着长长的脖子，以便它那两个宽大的鼻孔能够更加灵敏，可以分析出在风中传播的各种不断变化的信息。在好奇心的驱使下，卡图格跟在纳诺克的身后。大白熊意识到自己被跟踪了，转过身，想要发动攻击。可是，卡图格在积雪中轻盈地飞奔着，不费吹灰之力就把大白熊甩开了。

这样的追逐游戏还挺有意思，被一只强壮的大型野兽追逐已经很好玩了，更好玩的是这只野兽还怒气冲冲，但又无可奈何。卡图格就这么一路嬉闹着跟在大白熊身后。后来，大白熊做出几个奇怪的动作：它摇晃着长长的脖子，使劲抽动着它那黑色的鼻子，脸颊上的毛发都直立起来，然后，它目不转睛地盯着冰层之外的地方。由于潮汐的激荡，所以那里是最后一片没有结冰的开阔水域。

看到大白熊踮起脚，巨大的身躯不断地往上抬高，卡图格有点被吓到。没过一会儿，大白熊就追着味道，逆着风，飞快地奔跑。卡图格也闻到一股食物的香气，它在大白熊的身后远远地跟着，于是它们就这么朝前走了一段路程。然后，大白熊蹲伏下来，匍匐着向前爬。这时，卡图格才看到这一切的源头：在那片开阔水域的边缘，有一只全身滑溜溜的胖海豹。去年夏天，曾有一只海豹搁浅在岸边，卡图格品尝过它的味道，尽管那只海豹已经死去多时，但味道仍然十分鲜美。眼前的这只海豹闻起来可不一样，味道要诱人得多。

卡图格看到大白熊像黄鼠狼一样躲在雪堆后面匍匐前进。当海豹机警地抬头瞭望的时候，纳诺克就把身体紧贴地面，一动不动，就像一块石头。这次捕猎要花很长很长的时间，同样身为猎手的卡图格兴高采烈地看着，观察着另一个猎手的精彩捕杀过程。

　　海豹转过身来，头朝着大白熊的方向。此时的纳诺克只好耐心等待着，等了很久，直等到全身乏力，但它还是像一块石头一样，紧贴着冰面趴着。海豹转了个身，想要放松一下自己的脚蹼，也许是为了察看另外一个方向的动静。这时，纳诺克把它那四只强有力的熊掌撑在冰面上，拖着肥胖的身躯朝前走，走到一道沟的时候，它把全身的力气都积聚起来，快速但又悄无声息地冲了上去，把那只可怜的海豹抓到熊掌里。就像一只嘴里衔着鳟鱼的海貂一样，大白熊纳诺克拖着海豹来到一个更为安全的地方，然后开始美美地享用这肥美丰盛的一餐。

　　大白熊肚子再怎么饿，它一顿也吃不下整只海豹，于是卡图格就在一旁耐心等待。就在这个时候，它听到一阵熟悉的叫声，那是北极黑乌鸦发出的声音，而且一共有两只！它们在大白熊的身边停下，比卡图格离大白熊要近得多。这两只黑乌鸦似乎对游戏规则特别熟悉。卡图格内心对那两只乌鸦充满了嫉妒和愤怒之情，好像在说："你们来这里想干什么？是我先发现它的！"

　　大白熊吃饱了，把剩下的海豹肉收拾了一下，放在熊掌里，慢慢朝陆地的方向走去。黑乌鸦立刻朝大白熊进食的地方飞了过去，那里还剩下很多肉屑。

　　看到大白熊已经走远，卡图格也冲了上去，赶走黑乌鸦。黑乌鸦愤怒地叫着，但还是飞了起来，躲到安全的地方，卡图格狼吞虎咽地吃了个尽兴。

有很多次，它都是用这个方法填饱肚子的。可是，这个方法在最严酷的深冬是不适用的，因为到了那个时候，在卡图格活动的地方不会再有开阔的水域，冰面上也不会再有海豹出现，大白熊也会到更远的其他地方去捕食。

冬季生活的一天

冬季的饥荒来临了，巨大的生存压力也随之而来，所有的食物都被动物们搜刮了一遍又一遍。它们都是一些惯于吃苦耐劳的动物，冒着被饿死的危险留了下来，直面北极地区冬季的严寒。二月是动物界的饥饿月，可是，卡图格活了下来，莉雅古也活了下来，但它在离卡图格很远的地方活动。要是它们两个非要待在一起承受煎熬的话，那危险程度无异于肩并肩走在薄冰上。它们只有隔开几英里远，各自谋生，才有活下来的机会。

至于狐狸夫妻是如何熬过这个艰难季节的，也许可以用它们一天的生活做一个概述。让我们插上想象的翅膀，跟在卡图格身后，看看在这样一个严酷的时节里，在这种难以想象的饥寒交迫中，它去了哪里、做了什么。

暴风雪还在刮着，扫荡着这片雪白又恶劣的世界，白日变得短暂无比，而黑夜却很漫长。到了本应该是早晨的时候，暴风雪停息了，卡图格踏着一层松软的新积雪，走了过来。为了避开凛冽的寒风，它已经躺了一整天。此时，在内在需求的驱使下，它只好出门了。

卡图格的肚子非常饿。只有吃饱了才能有热量，才能活下去。它已经两天没有吃东西了，冻得浑身冰凉。卡图格先把一条后腿伸出来，舒展一下，然后是另一条后腿。为什么前腿不用舒展一下呢？这谁也不清楚。它打了一个大大的哈欠，露出两排红色的牙床肉和排列得整整齐齐的白牙。

卡图格朝旁边的一个冰堆跑过去，伸出鼻子闻了闻，用自己的气味做好标记，然后蹲在一道山脊上，脑子里想着事情。西风不停地刮着，它伸出鼻子朝西边闻一闻，然后是西北边，接着是西南边，最后，它迈开腿跑开了。冰原在它面前起起伏伏，那片无情的白色一直延伸到它想象不到的地方——其实并不是特别远，只是超出了它掌控的范围。驯鹿们已经离开，向南行进好几个星期了，狼群也跟着它们一起迁徙了。北极熊已经到冰原的边上去了，卡图格不知道那里到底是什么地方，所有的鸟儿都飞走了，远远地躲开这片不毛之地。此时，这里目光所及之处没有动物的足迹，没有生命的迹象，什么都没有，只有刺骨的寒冷、坚硬的冰层和永不止息的寒风。

卡图格什么也看不见，什么也听不见，完全失去了方向，因为这里一点能让它振奋的东西都没有。当你面对这样一连串厄运的时候，你还能保持情绪高涨吗？

卡图格虽然情绪不高涨但它并不气馁。它不停地朝前跑着。它的胃壁，就像磨石一样，因为没有东西好磨，所以只能相互摩擦。尽管它很痛苦，而且什么都看不见、什么都听不见，但是，它还是在继续跑着，因为它有一个灵敏的鼻子。卡图格并不是逆风直行，而是忽左忽右，走"之"字形路线，它一边走，一边摇晃着它那个灵敏的鼻子，分析着风中传来的味道信息——无边无际又裹挟一切的冰原的味道。卡图格还能闻到一丝丝岩石的味道，从很远很远的地方飘来；还能看见风中一些微弱的颜色变化，这说明那边是一片开阔的海域。但是，那地方实在是太远了，而它的身体又太虚弱，如果不长长地睡上三天好觉，它是到达不了那里的。况且，它的胃壁还在不停地摩擦。

可是，卡图格还是不停地朝前跑着，一边跑，一边摇晃着鼻头闻味道，它那颗指挥部似的黑色小脑袋不断地接受着鼻子传来的毫无意义的报告，就像一个机械的报务员。

然后，风向忽然变了。现在，风正从西北方向刮来，卡图格的报务员报道着："是岩石和陆地。"这个声音大声地在卡图格的脑袋里回响，然后它朝西北方向跑去。

放射不出一点温度的太阳已经下山了，又有一页日历被大自然从北极的日历簿上撕掉了，那都是一些特别难熬的日子。此时，卡图格才刚刚走到陆地上。虽然这片陆地看起来跟海面无异，但是，这里的冰堆得更高一些，空气里都是岩石的味道，更重要的是，这个岩石的味道非常好闻，尽管卡图格未必能确切地意识到，但它肯定能隐约感觉到自己是回到了奥拉克山——去年夏天那片丰饶的土地，而此时却是一片被积雪覆盖的荒凉之地。

当卡图格停下脚步，扫视着这片早已不熟悉的家园时，它记起了在这里一窝一窝繁衍的旅鼠，这差点让它那干巴巴的嘴里滴下口水来。

那里没有任何生命的迹象——没有动物的足迹,没有食物的影子——它那灼烧的胃壁还在不停地摩擦着。

奇怪的团聚

北极的月亮慢慢升上了天空,奥拉克山上的悬崖峭壁兀自矗立着。这里曾经是一片丰饶的土地。卡图格慢慢地走着,一会儿走到这边,一会儿走到那边,寻找着自己熟悉的那条峡谷。但是它找到那条峡谷的时候,发现一切都变了,变得非常陌生,卡图格来来回回地走着,直到它闻到一个气味,这让它吓了一大跳,这是它自己留下的记号。难道是它曾经留在那里的?它挖通上层的积雪,又不断朝底下挖去,一直挖到坚硬的土层,然后一点一点继续往下挖。

现在,尽管浮上来的气味非常微弱,但它已经确定了自己的猜测。卡图格用爪子挖着、抓挠着,它那很久没有咬过食物的牙齿不停地咀嚼着。它的嘴巴里蓄满了口水,因为它在食物丰盛的季节里贮藏了一些旅鼠,就埋在这个地方,旅鼠肉发出的香气可比世界上任何东西的味道都要香甜。卡图格一直往下挖,眼看就要挖到埋藏的旅鼠了。

尽管卡图格把头埋在洞里,看不见外面的情况,它却听到了一阵轻轻地踩踏积雪的声音,它停下爪子中的活,转过身去。卡图格朝那片白色的雪原看过去,它清楚地看见一个长着黑色鼻子和黑色眼睛的白色身影正在朝这边移动。那个身影不是一只北极狼就是一只狐狸。

在这片雪原上，任何不熟悉的动物都是敌人。可是，卡图格所在的地方风向不对，它离开洞口，小心翼翼地转着圈子，以便能够收到风里传来的信息。那个对手停住了脚步，一动不动地站着。卡图格收到风中传来的信息。这是另外一只狐狸，跟它一样，都是白色的狐狸。

此刻，它们两个就像是共乘一条竹筏的水手，救命水却只剩下一小口了。它们所处的极端恶劣的环境把它们逼成了不共戴天的死敌。卡图格必须为保护食物而战，食物就是它的生命。是它把那些食物藏在这里的，所以所有的食物都只能属于它。可是，那只陌生的狐狸有可能非常强壮，卡图格明白一定要先搞清楚这一点。卡图格自恃自己对这些食物有所有权，因此它理直气壮。它转着圈，不断朝那只狐狸靠近。那只陌生的狐狸躁动不安地挪动着脚步，看起来体格也没有多强壮，也不怎么可怕。不管怎样，那都是一只陌生的狐狸，而且是一只饥肠辘辘的狐狸。

卡图格亮出它的牙齿，挺直身子，站得高高的，朝那只狐狸越走越近。月亮发出的光很微弱，使它不能看清对面的狐狸，但是，对方传来的气味却很熟悉、很友好。然后，那只陌生的狐狸把自己的尾巴落下来，从尾巴底部的"麝腺"——这是狐狸一族的身份标牌——传出来的信息表明，这只陌生的狐狸是一位亲爱的老朋友。原来是莉雅古！

卡图格和莉雅古之间没有过多的问候方式——只是友好地朝对方笑一笑，用力抽动鼻子，闻闻对方的味道来确认身份，再摇摇尾巴——这些就足够了。现在，谁来负责挖掘食物呢？当然是卡图格来干了，里面还留有它的记号呢。卡图格径直朝洞口走去，继续朝下面挖。莉雅古在洞口一旁趴着，眼巴巴地盼着，因为它的肚子也特别饿。卡图格坚持不懈地挖着，把冻土层和冰层都打通了。很久之后，它终于挖到那十多只被冻得结结实实的美味的肥旅鼠。

　　卡图格立即衔起一只旅鼠，狼吞虎咽地吃了起来。对一只快饿死的狐狸来说，还有比让它吃上食物更令它高兴的事吗？莉雅古走到洞口，呜呜咽咽地叫着，好像在埋怨着："不分给我一些吗？"卡图格摇了摇尾巴，又刨出几只旅鼠。莉雅古走到卡图格身边，和它一起吃了起来。它们俩的吃相都很贪婪，它们都饿坏了。洞里贮藏的旅鼠数量相当可观，卡图格和莉雅古不停歇地吃着，直到把所有的旅鼠都吃完了才停下。它们的肚皮都鼓了起来，灼烧的胃壁也不再相互摩擦。接下来，它们还有各自的事情要做。

　　卡图格和莉雅古把那个地方做好标记，然后，它们就分道扬镳了。卡图格一路北上，它要去很远的地方。它一门心思想要看看沃拉斯顿的海岸，可是，饱食之后的懈怠感占据了它的身体。它在积雪堆里发现一个洞口，就索性把整个身体都窝在里面，既幸福又自在。它身上覆盖着珍贵的皮毛，一点都不觉得寒冷，它的生命之火被重新点燃。外面的风有可能达到每小时60英里的速度，霜冻也可能使温度降到-60℃，卡图格却心满意足——它今天已经吃饱了。

到遥远的沃拉斯顿去

你有没有见过汹涌的潮水从松德海峡的裂缝中冲出来时的情景呢？尤其是当势不可挡的海水撞击不可撼动的坚冰的时候。那撞击发出的可怕声响会传到上百英里开外的地方，大地都为之颤抖。坚冰和海水势均力敌，二者相互拉扯着，缠斗着，发出巨大的声响，二者如紧绷的弹簧一样一直处于僵持状态，直到那片包容一切的海水传递来更多的力量，将那像悬崖一样陡峭的坚冰打破为止；被打碎的冰块在海水里泛着白沫，互相冲撞着，就像是被暴风席卷的稻草和麸皮。海湾里的水道变得宽阔了许多，里面泛着泡沫和巨浪，沉重地流动着。没有一个陆地上的生物能够侥幸在这样的环境里活下来，海里的野生动物们也会心惊胆战地远远躲开。

卡图格已经穿过奥拉克山和沃拉斯顿之间的那片狭长的白色冰原。第二天，它一直跑了一整天，来到位于北极海中的一小片陆地上，这就是伟大的沃拉斯顿大陆。探索精神战胜了恐惧，这驱使卡图格来到这里。

可是，在冬季下雪的时节里，沃拉斯顿是一块宽广但了无生机的陆地。这里看不到任何活物，一点食物的迹象都没有。所有的野生动物都从这片毫无生机的陆地上消失得无影无踪。饱饱的一顿美餐足够卡图格撑上好几天，可是，自从狼吞虎咽地饱食一顿旅鼠肉之后，穿过雾气俯视众生的太阳已经升起五次，卡图格的肚子又变得空空如也。

卡图格开始分析风中传来的信息，这就像一个急需某些东西的人一大早就翻看报纸的广告栏一样。永不止息的大风像饶舌的人似的，喋喋不休地传递着一些毫不相干的消息。大风里还传来一些属于其他动物的微弱气味，不过是在很远很远的地方。卡图格就这么沿着气味一直朝前跑着。后来，动物的味道消失了，可它还在继续跑着。地面上出现一个凹地，又长又宽，卡图格趴在边上，伸着头朝下看，它仔细研究着下面那块开阔的凹陷面。然后，那爱搬弄是非、好管闲事又爱闲扯的大风突然转了风向，送来一股动物的气息，那是被风吹起的皮毛散发出的味道，非常浓烈，卡图格现在可以确定了，那是一只狼的气味。不一定是大白狼"长下巴颏儿"，但一定是一只狼。

卡图格蹲伏下来，雪白的皮毛隐藏在白色的积雪之中。因为它的眼睛没有鼻子那么灵敏，所以它不得不聚精会神地盯着这片白雪皑皑的荒原。它看了很长时间，终于看到了一个灰点正从远处的山坡上斜穿过来。这一切都让卡图格明白了一个事实：一只孤狼正朝它的方向走来。

要是在夏天，地面都是一马平川，卡图格可以凭借自己的奔跑速度安然脱身。可这是冬天，地上覆盖着厚厚的积雪，而狼的四肢都很长，跑起来也不费劲，这会让狼占尽先机。一旦被狼发现自己的踪迹，卡图格就会成为那个残忍对手的俎上之肉。

卡图格从那个充当瞭望台的凹地边上爬下来，失魂落魄地逃跑了。自从几个月前和大白狼的那次会面之后，它还从未像现在这样害怕过。

这次闯荡新大陆并不算成功。人一旦在外闯荡失败了，脑子总是想着回归故里，动物也一样。饥肠辘辘的卡图格已经好几天没有进食了，于是它掉转方向，向着远方的奥拉克山飞奔。

卡图格听到了远处传来的那令它胆战心惊的声音，那是浪潮冲击冰缝发出的撞击声，沃拉斯顿附近的群山里也回响着那个声音。然而，这没有能动摇卡图格的想法。此时，它正朝奥拉克山的方向奔跑。它跨过冰层上新开的裂缝，突然发现自己面前出现了一条宽阔的绿色海峡，这让它大惊失色。那是一条开阔的水道，里面流淌的水冰冷刺骨，水面上还漂浮着大块的白色浮冰，相互冲撞着，朝大海里流去。海峡又宽又长，卡图格既看不见对面，也看不到两边的尽头。

卡图格是一只会游泳的狐狸，去年它就游过一次。那时，它从山崖上掉下来，落到了下面深不见底的水里。不过，卡图格一点都不喜欢游泳。它的皮毛可跟熊类和海鸥的不一样，没有浸过油，也不防水。就算它的皮毛有防水功能，此时海峡里的水也跟夏天的海水不是一回事。卡图格很清楚这一点，也许这是大自然母亲告诉它的。卡图格只好回头，心里明白自己跟故乡奥拉克岛已经完全隔开了，它已经回不到那块土地了，那可是唯一一块它贮藏过食物的土地。此时，那只狼就是一个魔鬼，海峡里是深深的海水，卡图格在它们之间进退两难。

风险和收益

夏天的时候，大海母亲的海岸线是所有野生动物的觅食天堂，在那里，它们可以找到一些吃食。海岸线就像是通往大海母亲丰富宝藏的一道门槛，它会每天一次，甚至每天几次地在海岸线上留下一些小鱼小虾。

因此，卡图格回过头，转而向西方跑去，它在努力寻找着海岸线的方向。可是，那里已经没有海岸线了，因为海边上堆满积雪，地面也都被冰层封住，不到六月，冰雪是不会融化的。可卡图格还是咧着嘴，兴高采烈地继续跑着。

白色雪原上出现的任何一个黑点，裹挟着多重信息而来的大风里出现的任何一个气味，卡图格都没有放过。但是，它始终没有发现一点食物的迹象。这会儿，它肚子里的胃壁正在互相摩擦着，这让它痛苦不堪，但它还在继续朝前跑着。

卡图格一刻也没有忘记大白狼的存在，同时它也时刻注意倾听潮水撕扯坚冰发出的滔天巨响。卡图格就在大白狼和巨响之间奔波着。

你是否曾经有过这种经历——你支起耳朵仔细聆听，想要将远处传来的小提琴发出的轻柔微弱的高音听清楚时，却突然被铜管乐队的巨响惊得头晕耳鸣；你在阴暗的森林里屏气凝神，想要聆听习惯夜间放歌的鸟儿们在半梦半醒间低声的叽喳声，却突然被一群因为追踪到浣熊足迹而汪汪乱叫的猎狗的狂吠声震得耳朵嗡嗡叫、心脏被吓得漏跳一拍。类似的这种惊吓不是通过声音而是通过嗅觉传到卡图格这里的。

此时，它正绕过一块巨大岬角，这块岬角使得一路平铺到北极的海岸线拐了个弯。这里的风向和海流完全不一样，卡图格像广播天线似的嗅觉里一下子塞满了食物的味道，这些味道让卡图格充满惊喜和希望，深受诱惑，它虽然表面上默不作声但心里却激动不已。在风中传来的那股食物味道里，包含了所有被卡图格罗列在"好吃的"的清单上的食物的味道。这简直跟做梦一样，太不真实了，可是，卡图格真的闻到了。眼睛有可能会欺骗它，但嗅觉从来不会。

卡图格继续朝前飞奔着，食物的味道越来越浓烈。这时，卡图格正站在另外一块海岬上朝远处看着，它看见了一幅在北极地区难得一见的场景。

在远处的冰面上躺着一个外表像鲸鱼的东西。卡图格以前见过鲸鱼，可是，这一头鲸鱼是被冻住的，鲸鱼的后背上有一些像驯鹿角似的长东西，直直地朝向天空竖立着，可这些东西也仅仅是在外形上长得像驯鹿角，高度却比驯鹿角要高出很多。角状物上缠满水草和海藻，跟结了一层网似的，上面还悬挂着一些像海鸥似的东西。鲸鱼背上还有一些长得像海狮的动物，只是它们的后脚蹼很长，这些动物用后脚蹼支撑着身体，直直地站立着，这让它们看起来有些像北极熊，只是身上的颜色是黑色的。

在近处的海岸上有一些巨大的雪堆，顶上会喷出一阵烟雾，就像是鲸鱼喷出的水花一样。只是这些烟雾是黑色的，就像被夏季的大风吹起的山脊上的尘土似的。在这个地方，长着长长的后腿的黑色动物数量更多。太吓人了！和这些动物混迹在一起、与它们相伴为伍的竟是一大批像狼一样的动物。卡图格可以用鼻子闻得到它们的味道，虽然，这些狼的味道跟"长下巴颏儿"不太一样——它不知道，这些动物是狼狗。这股味道让卡图格很害怕，但里面还掺杂着食物的美妙味道，那可是红色肥肉发出的那种能够征服心灵、让狐狸垂涎三尺、欲罢不能的味道。

很多很多的食物！卡图格一路朝前移动着，翻过一个个伪装物。终于，它离那堆味道非同寻常的食物只有区区五十步远了。

它也很害怕那群狼，这是肯定的。像卡图格这样体形娇小的动物内心经常会充满恐惧。但是，它从来不让恐惧主宰自己。

此处是一座低矮的小山，上面有一个白色的雪堆，卡图格就趴在那高低起伏的积雪之上。它用狐狸特有的方式思量着，它在权衡利弊——就是在思考收益和风险的比率。

此时，那股味道已经不一样了，全变成海豹肉的味道，闻起来异常鲜嫩多汁。卡图格的嘴巴里早就滴下了口水，它那个小磨坊似的红色狐狸胃也在叫嚣着："去吧，否则我们就罢工了！"卡图格心里想："要是我退缩了，我就得饿死；要是我前进了，还有可能赢。"卡图格离开了小山。死亡的阴影笼罩下来。

战斗到最后

读者们，要是你喜欢看到一颗勇敢无畏的心，你可以继续往下读；要是你认为卡图格因为克服了内心的恐惧而在更高层面上重生的话，你也可以继续往下读；但是，要是你听说那颗总是用乐观态度面对可怕生活的勇敢的心消失了，或听说那颗从不在死神面前落荒而逃的心战败了，因而无法承受的话，请合上这本书，不要再读了。我只是在按故事本来的样子讲述它，故事的见证人怎么跟我讲的，我就怎么描述，而故事的见证人就是用长长的后腿直立行走的动物中的一个。

勇敢无畏的北极狐卡图格离开了它藏身的那道小山脊，在雪坑里躲躲藏藏，缓慢前进。它已经离食物非常近了，并且它可以清楚地看到那些四散在各处的狼狗，它们都懒洋洋地躺在雪地上，肚子吃得饱饱的。现在，它可以看见那股怪异的烟雾是从那些圆形物体上方飘出来的，那有可能是动物居住的巢穴，因为每个圆形物体上都有一个入口，那些直立行走的动物不时地进进出出。巢穴的高处悬挂着很多长条状的东西，从那里散发出的大量美妙的味道来看，那些东西都是最美味的食物。

卡图格沿着那股诱人的味道向前走着。当情况不太适合继续前进的时候，它就藏起来，在低矮的雪地上趴着。就这样，它来到了一处高高突起的地方，它匍匐在那个地方的尽头。最后，卡图格终于走到了那些拱起的巢穴顶上，跟那个喷着烟雾的东西非常接近了,那东西喷气的声音非常可怕,距离再远一点就是悬挂着诱人的长条状食物的地方。那些狼狗根本够不到那些食物,卡图格也够不到,除非它爬到悬挂那些食物的角状物上去。就在卡图格刚刚爬上去,正踮着脚察看的时候,底下一条大狼狗看见了上面那个不断移动的白色身影——它发现了这只不要命的狐狸。

那条狼狗叫了一声,立刻冲了出来,跑到巢穴的后面,因为从这里可以爬到巢穴顶上去。为了保命,卡图格转身就逃。雪地上结了一层硬硬的冰面,卡图格在上面轻盈地跳跃着,可是它始终不能把敌人甩开。卡图格跨过山脊,继续朝前奔跑,但地上的积雪又深又软,不太好走,而后面的"追兵"腿都很长,而且很强壮,它们走在这样的雪地上一点儿

都不费力。卡图格已经饿了很久，它的身体很虚弱，可它还是尽量加快速度奔跑。狼狗们在后面远远地号叫着，追赶着，虽然看不见猎物，但它们知道追逐游戏还没有结束。

尽管卡图格已经筋疲力尽了，但如果它一直走在硬邦邦的雪地上，还是可以逃脱的。可惜的是，积雪变得非常松软，那些长着长腿的大狼狗跑得更快了。

在凹地里，卡图格被大狼狗追上了。那条大狼狗的体重至少比卡图格重十倍。眼看没有任何战胜的希望，卡图格就使用了最后的招数——也是最聪明睿智的一招！它猛地把身子朝后面倒去，四只脚朝天放着，嘴上咧开一个开心的笑容，好像在邀请大狼狗跟它一起愉快地玩耍。

大狼狗完全被惊呆了。小狗崽们和一些小型犬类不正是利用这一招来化解彼此之间较大的敌意吗？这难道不是体现了让狼狗们也无法置之不理的友好和臣服精神吗？

领头的这条狼狗肚子还不是特别饿，狐狸也不再飞奔逃命了，反而想要跟它一起玩耍。因此，这条雪橇犬内心已经打消了对狐狸的敌意。它们两个一拍即合，开始在雪地上翻滚打闹——一条雪橇犬和一只狐狸就像是一条大狗和一只小狗崽一样玩耍，有的时候它们会闹得有点过火，但都尽量小心，避免真正伤害对方。

后来，其他雪橇犬也都汪汪地叫着赶来了。等它们走近，才惊奇地发现自己的首领竟然跟猎物玩得不亦乐乎。

这些雪橇犬呜呜地叫着，然后猛扑上去。一开始，领头的雪橇犬还警告它们离远一点，卡图格则继续在大狼狗身边欢快地玩耍着——它只剩下这一招能救自己了。可是，其他雪橇犬都大声咆哮着，朝狐狸和领头的雪橇犬扑过去。领头的雪橇犬被手下们疯狂的行为感染了，也变得狂暴起来，就像是一个害怕船员哗变的海盗船长一样。大狼狗还是没有能够跨越古老的种族偏见。

领头的雪橇犬忘记了它和狐狸定下的那个不成文的停战合约，它背弃了狐狸的信任，一口咬在狐狸那长着绵密柔软的狐狸毛的白脖子上。可是，卡图格脖子上的毛太厚了，雪橇犬一口没能咬中要害，被卡图格挣开了。电光石火之间，勇敢的卡图格发起反击，使劲咬住那条无赖狼狗的鼻子。此时的大狼狗就像是一个手臂断掉的剑客一样，陷入绝望的境地。它在地上翻滚着，在痛苦和愤怒的双重作用下大声地号叫着。大狼狗猛烈地摇晃着它那颗大脑袋，甩开卡图格，朝捕鲸人的营地跑去。此时的大狼狗凄惨地号叫着，那声音根本不像是一个勇敢的战士作战时的呐喊声，倒更像是一个被吓破胆的胆小鬼临阵退缩时的尖叫声。

然而，坚韧勇敢的北极狐卡图格没有退缩。它注定会被打败，但它选择战斗到底。狼狗们都大声嚷着，跃跃欲试地围在卡图格身边。瞧瞧，它们多么勇敢啊！它们中任何一个的体形都比北极狐卡图格的大了不止十倍。领头的那条雪橇犬已经回到营地，但被勇敢的小狐狸咬过的鼻头还是很疼。

那群无赖一样的狼狗们一拥而上。可是，卡图格嘴里还是牢牢地咬着从那条领头的雪橇犬身上咬下来的鼻头。狼狗们把卡图格扑倒在身下。

当那些个头高高的"动物"从冒着烟的巢穴里匆忙赶到的时候,他们只能看见地上卡图格那沾满鲜血的皮毛碎片了。他们在远处见证了这场不公平的决斗,他们心里明白,正是在这个被鲜血染红的地方,一颗勇敢的心陨落了。其中一个人看得比其他人都要清楚一些,他伸出脚把那群懦夫一样的狼狗踢到一边,生气地叫嚷道:"这只狐狸虽然个头不是很大,但非常勇敢!它从不尖声号叫,而且永不服输,直到最后一刻都在战斗。"

狐狸寡妇

春风又一次轻轻吹拂在奥拉克山上。海鸥们回来了,用它们长满黑白色羽毛的身体点缀着奥拉克山上那些阴郁的山崖。在山坡上的沙地里,土拨鼠来来回回地跑动着,雷鸟们叽叽喳喳地挤成一团,雪鸟们则高声唱着:"春天来了!春天来了!明媚的春天到来了。"整个世界都从沉睡中醒来,开始追求爱情。

温柔美丽的晚霞平静地铺展下来,使奥拉克山上的悬崖峭壁和沙窝都笼罩在霞光里。这时,一个声音穿山越岭传了过来,唱着一首悲伤的哀歌——

"嘎——喔——

嘎——喔——

呜——呜——呜——

嘎——喔——"

那些聪明人此时什么都听不见,什么都看不见,只有等到走近了,才会看见一只白色狐狸的身影——那是一只纤瘦的狐狸,它正扯着嗓子哀伤地呜咽。假如再朝前靠近一点,头脑再聪明一点,就会看清楚那只在夜色中唱着哀歌的狐狸正是莉雅古。接下来的夜晚,莉雅古都在四处徘徊,哀伤地唱着歌。莉雅古把奥拉克山的上上下下都走了个遍,在道路旁边的石头上,它留下了很多信息,那些都是给丈夫卡图格留的。

圆盘似的月亮在天空中低低地挂着、摇晃着,越变越小,而莉雅古依旧在夜里唱着那首孤独的哀歌。

终于,那个让莉雅古激动不已的夜晚来临了,它的呼唤终于有了回应。可是,当那只活生生的狐狸迈着彬彬有礼的步伐慢慢走过来的时候,四处流浪的莉雅古发现那竟是一只陌生的狐狸,莉雅古的心里对它充满憎恶和害怕,转身逃跑了。

狐狸们的爱情月过去了。带来丰盛食物的夏天也来了,然后又匆匆过去了。莉雅古还是孤身一个,茕茕孑立。那一年,旅鼠大量繁衍,莉雅古因此贮藏了很多食物,整天忙得不亦乐乎。可是,它还是很孤单。

在夏天和秋天整整两个季节里,莉雅古都在哀悼着卡图格。

严酷的寒冬来临了。有一段时间,它将自己的孤单抛在脑后,因为它需要集中全部精力跟寒冬斗争,尽管它并不惧怕那被冰雪覆盖的艰难月份。在这样的环境下，莉雅古已经习惯了孤单，贮藏在奥拉克山上的旅鼠肉就是它安身立命的保障。

春天又来了——北极山区的春天真是可爱极了。莉雅古又一次徜徉在这片它早已熟悉的家园。现在，莉雅古已经不那么思念卡图格了。可是，在莉雅古那颗小小的狐狸心里，对爱情的渴望却从来没有消失过。

在一个春风吹拂的甜蜜夜晚，莉雅古又一次唱起了那首属于狐狸的小夜曲：

"嘎——喔——

嘎——喔——

呜——呜——呜——"

也许莉雅古完全没有意识到自己在唱歌。可是，在接下来的一个多星期里，它一直在唱着这首歌，这首属于夜晚的歌曲，这首轻柔低沉的悲伤的歌曲。

在一个暮霭沉沉的黄昏，莉雅古独自徘徊着，悲戚地登上瞭望台，站在上面。黄色的月光从天上洒落下来，莉雅古定睛远眺，突然，它听到一个声音，这让它吓了一大跳——

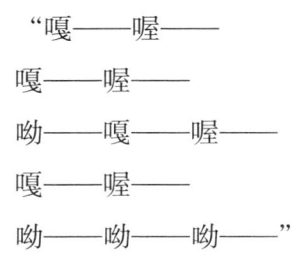

"嘎——喔——

嘎——喔——

呦——嘎——喔——

嘎——喔——

呦——呦——呦——"

那声音虽然从很远的地方传来，可在莉雅古听来却很响亮，而且充满力量。莉雅古立刻本能似的蹲伏在地上。然后，那个声音又一次从远方传了过来，似乎离它越来越近。莉雅古把身子低伏，默不作声地趴着。那声音似乎从莉雅古的身边路过，并且走远。

莉雅古爬起身，发出一阵简短但尖锐的叫声：

"嘎——喔——"

叫完之后，它又蹲伏了下来。当莉雅古看到那只雄狐急切快速地朝它跑过来的时候，它的心如同擂鼓一样跳动着。那只雄狐闻到莉雅古的味道，它停下了脚步。莉雅古还在藏身之处趴着。雄狐又呼唤了一遍，可是，莉雅古没有回应它，只是拍了拍自己的尾巴。那只雄狐慢慢地朝莉雅古走过去，围着它转圈，两只狐狸通过这种方式来交换对方的身份信息。可惜，那只雄狐并不是卡图格。莉雅古用鼻子"哼"了一声，拒绝了那只雄狐的接近。雄狐走到远处的山坡上，不停地徘徊着、等待着。莉雅古对雄狐的憎恶之情慢慢平息——因为它是如此孤独，而那只雄狐看上去也非常孤独。

等待了很长时间之后，那只雄狐又叫了起来。最后，莉雅古终于回应了。

雄狐稍微朝莉雅古靠近了一点。此时，莉雅古内心的怒气已经平息了一些。雄狐就这样彬彬有礼地慢慢接近着莉雅古，它终于成功了。莉雅古对雄狐的过去一无所知，而雄狐对莉雅古的前尘往事也完全不了解。它们只知道自己是两只北极狐，身边都没有伴侣，都生活在这座美丽的海岛之上，而且它们都非常孤独。

谁能说不是大自然母亲将它们两个凑到一起的呢？大自然母亲把这一切都安排好了，在蜿蜒曲折的奥拉克山上，又出现了一个幸福的狐狸家庭！

（沐雨　译）

青雕再舞

张永军

金雕的攻击

妮莎是个俄罗斯小媳妇,她和满族丈夫康山救助过一只被一对金雕啄断右翅膀的青雕。现在已经七月底了,青雕的伤已经痊愈。康山的猎犬老青生的一只纯青色和两只黑黄毛色的小狗崽也已经满月了。这一天,白桦树林的上空又下雨了,雨下了三个小时才停。这场雨的降临稍稍缓解了山林里的闷热。妮莎抱着青雕出了小木屋,她想放飞青雕,这是她一直以来的心愿。妮莎把青雕往空中用力丢去,同时喊:"飞吧,你自由地飞吧。"

可是,青雕像只被剪去翅膀的大公鸡似的,从空中一下扑落到地上,摔得连锋利的喙都插进了泥土里。在一旁看着的康山皱了下眉,说:"这家伙胆小,你这是白费劲。"

妮莎涨红了脸,说:"它是一只鹰啊,鹰应该在天上和白云做伴。我就是要让它重新飞。"说完,妮莎又抱起青雕,更用力地将它往空中抛去。青雕扑扇了几下翅膀,又一次摔落下来,摔得比上一次更狼狈。青雕爬起来,惨叫着,掉头就往小木屋里跑。妮莎追进小木屋,看到青雕已经站到平时养伤时站立的小鹰架上,脖子上的羽毛蓬松着,脑袋蜷缩着,看上去就像一只吃了败仗的斗鸡。

妮莎叹口气,看着跟进来的康山,说:"它是鹰啊!鹰应该飞在所有鸟的上方,我们帮帮它吧!"妮莎看着青雕流泪了。

康山揽过妮莎说:"我想它是害怕再次飞行,是它自己不想飞。我会为你捕一只好鹰,能像闪电那样捕捉大雁的鹰。"

妮莎说:"可是现在它是我们的鹰,它就应该去飞行,而且我们有责任帮助它重新飞上蓝天。"

康山叹了口气,把青雕抱起来,带到屋外用绊鹰绳把青雕拴在鹰架上。妮莎挽着康山的手臂,来到佟佳江的岸边散步。两个人的心情好了许多,也暂时忘掉了因青雕生出的不快。

突然,家中传来老青凄厉的叫声,康山骂了一声就急忙往回跑。妮莎看到一只金雕在青雕头顶盘旋,另一只金雕抓着老青的一只崽子,站在小木屋的屋顶上。老青汪汪叫着一次次往小木屋上扑,又一次次摔下去。等到康山跑近了,那只盘旋的金雕突然俯冲下来。青雕展翅躲避,但它刚飞起来就被绊鹰绳拉住一只鹰爪,头朝下悬在绊鹰绳上晃。那只俯冲而下的金雕砰的一声撞在鹰架的横杆上,被横杆反弹摔落下去,但在康山扑来时,它又展翅蹬地飞起,一爪探出,抓起另一只被吓得团团转的小狗崽,冲天而去。

老青掉头又去追这只金雕,而另一只金雕趁机从小木屋顶上飞走了。两只金雕收获了两只小狗崽,一前一后消失在空中。老青悲鸣着跑回来，找到小青狗，把它抱在前腿弯里，望着天空中的两只金雕变成的小黑点，呜呜咽咽地哀叫。

妮莎跑过去蹲下安慰老青，并对康山说："我们就离开了一小会儿，就失去了两个家庭成员。金雕为什么攻击我们？"

康山说："它们把这里看成了它们的领地，所以它们要把会威胁到它们的东西统统赶走。金雕会像对付青雕那样对付我们。"

妮莎说："我觉得这件事很糟糕。我们有办法吗？"

康山说："会有的，等着看吧……"

青雕的变化

接下来的几天，康山从山里割回大量青麻，放在水里浸泡。他这是准备用青麻皮里的纤维搓成麻绳，用来结网。康山在搓绳干活时，背着一张旧的防鹰网。这样一来，哪怕金雕攻击康山，它的雕爪和雕喙也会被防鹰网挡住，无法对康山造成伤害。而康山现在搓麻绳是准备制作一面更大的防鹰网。

这种时时受到威胁的日子虽然让人紧张，但也挺刺激。用妮莎的说法是，她从来没想过自己有一天会被天空中的鸟儿威胁。

青雕自从被金雕袭击之后，一直被妮莎关在小木屋里。站在小鹰架上的青雕总是静悄悄地整理右翅膀上的羽毛，也用喙啄它那一对雕爪。这只青雕是只三十多岁的鹰，每条腿的四根雕爪上的皮都坚硬如铁，一圈圈包裹着鹰爪，它掉了许多老皮，铁钩似的鹰爪也就更长了。

妮莎给青雕投食时注意到青雕的这些变化，但她不理解，也就没往心里去；康山整日整夜忙于搓绳结网，他认为青雕已经被吓破胆了，已经废了，所以也没像以往那样注意青雕，也不知道青雕这些悄然的变化。

时刻注意青雕这些变化的是老青。在青雕收拾自己时，老青会静静地坐在一边观察，但它不会去告诉主人。直到有一天，青雕在小鹰架上展翅鸣叫，妮莎感到好奇，以为青雕想飞，才把它的绊鹰绳解开，抱着它小心地放在地上，看它是否要飞。青雕昂首向天空望了望，鹰爪下蹲，展翅飞上天空。

妮莎高兴地叫康山来看。康山看着青雕说："这家伙是想飞了。只是它的右翅膀不行了，身子也长肥了，太重了。"

妮莎说："没关系，只要它能飞就好，总比变成在地上蹦的老公鸡好吧。"

康山说："我有办法帮它瘦下来，你等着看吧。它要是不瘦下来，在天上遇见金雕肯定逃不了，准会没命的。"

妮莎说："这是我的错，我总是喂它，不小心就把它养肥了。"

康山笑笑，和妮莎仰望青雕。老青早早跟出来，在旁边坐下，它也扬起脑袋看着在天空中飞翔的青雕。那只小青狗自然跟在老青的屁股后面。

青雕在空中越飞越快，但很明显，它的右边翅膀不如左边翅膀强健，飞得还是不如从前快，看上去也有些古怪。青雕突然高飞，直冲云霄，又突然下冲，在距离地面几丈高的地方改变方向，再次高飞，随后再次俯冲。距离地面不足两丈高时，它想再一次升空，但右翅膀不灵便，不仅没能成功改变方向，反而一头扎到地上，摔得十分狼狈。

老青跳起来，对着青雕汪汪叫了一声，像是鼓励，又像是责怪。

青雕站起来，昂首向天上看，脖子伸得很长，身上的羽毛收紧，鹰目直直地盯着空中。

康山说："快进屋，它看见金雕飞来了。"

妮莎跑过去，弯腰抱起青雕快步回屋，老青已经先一步引着小青狗跑回木屋了。果然，一只金雕出现在空中，在小木屋的上空盘旋，随后落在小木屋前边的一棵大柳树上。金雕体形巨大，体重也比较重，在柳树顶的树枝上沉沉浮浮，一双雕目直直地盯着小木屋……

下午，金雕飞走了，康山去树林里捉了几只活地鼠，装进一只小坛子里，留下一只大个的地鼠，在地鼠的肚子里装了一团麻绳，最后把包了麻绳的地鼠喂给青雕。他对妮莎说："这能帮助青雕把肚肠里的油吸出来，减轻体重。青雕消化了地鼠的肉，但不能消化麻绳，它会把吸了油的麻绳吐出来。"

妮莎留心观察。到了晚上，青雕伸缩了几下脖子，果然吐出了那团麻绳。麻绳上浸满了黄色的油。第二天，康山依旧蹲在外面编织防鹰网。妮莎走出小木屋往天上看，没有看到金雕，便回到小木屋把青雕抱出来，等着青雕起飞。青雕微微下蹲，然后飞起来，在小木屋的上空盘旋了一圈后，才向天空飞升。

妮莎仰望青雕，对着它大喊："见到可恨的金雕马上就回来。你是天空中的豹子，你不可能威胁天空中的老虎。"

老青又一次带着小青狗出来，坐在地上仰望青雕。青雕在高空中飞了一会儿，又像昨天那样从天空中俯冲下来，距离地面不足一丈的距离时又想升空，却又一次摔在地上。这时，老青突然冲着青雕叫了一声，随后站起来带着小青狗快速回到小木屋的门口，仰望天空。原来是一只金雕从小木屋的后面飞速飞来。康山急忙跑过去拢着青雕的双翅，把青雕抱起来。见金雕越来越近，康山立马蹲下来，但金雕还是扑了下来，在快要撞上防鹰网时，才向一边侧飞，飞高离开了。

妮莎说："青雕总是摔下来，真是糟糕。"

康山说："我想这是青雕在练习一个击败金雕的招数。它是只老青雕，自然是聪明的。"

康山虽然知道青雕为什么一次次这样飞，但他不认为青雕的这一招能管用。因为受过伤的青雕不可能比金雕飞得快，青雕有可能在用出那一招之前就已经被金雕抓住了。所以康山只想快一点编好防鹰网捕捉金雕。

空中大战

在被金雕监视之后的几天里，也就是喂青雕"肉包麻绳团"的几天之里，青雕的体重已经减轻了些。它在这几天里只有短暂的飞行时间，因为只要青雕飞上天，金雕不一会儿就会出现。康山告诉妮莎，在捉到金雕之前，最好不要再让青雕飞行了。但是妮莎认为青雕需要在强大敌人的监视下练习飞行，这个效果比平时要好。而且在这几天里，妮莎摸索出金雕出现的规律：金雕总是在上午青雕飞上空中时才来，而且要么是大些的雌金雕来，要么是小些的雄金雕来，从没见两只金雕一起来过。

妮莎表达了自己的疑问，康山说："有可能金雕在养小金雕了，而且小金雕也快可以飞行了。"

妮莎吓了一跳，说："要是再多几只金雕，问题就更加难办了。我们要主动进攻。"

妮莎主动进攻的愿望是青雕替她实现的。那是几天之后的一个上午，青雕被妮莎放飞时显得格外有精神，在小木屋的上空盘旋，一会儿俯冲，一会儿扶摇直上。妮莎和老青在下面看着都挺兴奋的。

妮莎说："青雕和以前不一样了。"但是，突然她脸色一变，喊："快回来，快回来，金雕来了。天哪！打起来了。"

康山听妮莎喊得急切，抬头看去，只见青雕在空中迎着雌金雕飞扑过去。在雌金雕看来，这只重上蓝天的青雕见到它没逃开已经很意外，敢扑过来搏斗更是意外。但雌金雕看上去并不担心，它果断展开反击。青雕和雌金雕在天空中打得十分激烈，羽毛四处飘飞。

突然，妮莎大喊一声："好！加油！"那是青雕啄中雌金雕的背部，随后它又侧飞避开雌金雕的喙，但它右翅膀上的两片大翎羽还是被雌金雕啄落，在天空中盘旋着飘下。青雕在妮莎的惊叫声中，鸣叫一声，甩开雌金雕振翅直上云霄，雌金雕不肯放弃，尾随青雕追上云霄。此时妮莎已经泪流满面，她赶忙擦掉眼泪继续观战，但是青雕和雌金雕已经飞远，只剩下两个小黑点。

妮莎喊："我们该怎么办呢？"

康山一言不发，脸色铁青，也盯着天空。一旁的老青仰望天空汪汪叫，在草坡上向着青雕的方向飞跑。妮莎擦干泪水再往天空上看，只见青雕以每小时大约三百公里的速度俯冲下来，雌金雕以同样、甚至更快的速度尾随而下。眼看青雕距离地面只有一丈左右的距离了，妮莎惊叫着捂住了眼睛，却听见康山一声大喊："好样的，它做到了！"妮莎再收回手看去，青雕成功地飞出了苦练十几天的那个俯冲而下又上升的动作，尾随而下的雌金雕却收不住势，砰的一声，一头撞到草地上。

雌金雕撞在草地上却没死，正想翻身站起来，老青迅速扑到雌金雕的身上。但是，雌金雕临死前也用可以轻松洞穿牛腹、抓断狼脊骨的雕爪，抓住了老青。老青以生命为代价报了杀子之仇……

康山扑过去，把老青从金雕的一只翅膀下拽出。他心里酸楚，一屁股坐在草丛里，泪水涌了出来。妮莎抱住康山的头，她感受到了康山肩上的颤抖，那是他无声的哭泣。

妮莎说："我们杀死了一个敌人，却牺牲了一个家人。这个结果不是我们想要的!"她的泪水也大串大串涌了出来……

这时小青狗跑过来,趴在老青的脑袋边,一边舔着老青的脸,一边悲切地叫着……

活捉雄金雕

康山在后来的几天里,把编织好的防鹰网用粗麻绳连接起来,挂在屋外小院的上空,就连妮莎花园里的秋千架也遮盖在防鹰网的下面。妮莎认为康山防鹰的事已经干完了,因为她和小青白天可以在防鹰网下面活动了。但是康山不这么想,他又把以前用过的几张小的绳网连接起来,嵌在用木杆制成的边框里,又用一根木杆把它支起来,像船帆那样挂在防鹰网的一侧,并用绳子固定在防鹰网上。做好这一切,康山把那只死去的雌金雕从小木屋里拖出来,可是他看着雌金雕的时候却迟疑了,犹豫是否应该利用雌金雕的尸体引雄金雕。康山叹了口气坐下来。

妮莎问:"可以告诉我你在做什么吗?"

康山说:"我在考虑要不要用这只金雕的尸体引来另一只金雕,替老青报仇。"

妮莎看着康山,不理解康山为什么迟疑,她说:"我知道你能办到,那就快点干吧。"

康山说:"我是猎鹰人,我不能这样对待鹰。金雕也是鹰,我应该把这只金雕埋在鹰庙里。"

妮莎还是不能理解,皱着眉头说:"你想想老青和两只小狗吧。咱们要给它们报仇，所以就这么干吧。"

康山站起来，抬头看蹲在鹰架上的青雕，它已经不在鹰架上了，不知什么时候飞走了。康山想，这家伙到底还是飞走了。他咬咬牙，把雌金雕的一只雕爪绑在一根比较细的麻绳上，接着把整只雌金雕放到防鹰网上。康山左手扯着细麻绳，进了小木屋，又用右手拉住另一根绳子，那根绳子连接在像船帆一样的鹰网上。他在小木屋里坐下来，通过小木屋敞开的窗子往外看。他的左手不时拉一拉细麻绳，使雌金雕在防鹰网上动一动，这是为了让雄金雕能够看到雌金雕。可是，整整一个下午过去了，雄金雕都没来。青雕也没回来。

次日，康山依旧重复着这个动作。他知道鹰的耐力，如果鹰怀疑什么，它就会耐心地一边观察，一边等下去。康山相信金雕作为鹰的同科，一定也有鹰的耐力。

时间快到中午了，小木屋外面的天空乌云密布。

妮莎说："快下雨了吗？"

康山摆手示意妮莎保持安静，他继续拉动细麻绳。就在这时，雄金雕突然从乌云中像一道闪电一样俯冲下来。康山眼睛里寒光急闪，几乎在雄金雕落在防鹰网上的同时，他拉动绳子，那张像船帆一样的小网扣下来。在雕鸣声中，雄金雕被扣在网下。它被活捉了。

妮莎飞快地跑出小木屋，惊呼："它太大了。"

妮莎说着拎起一根木棒就朝雄金雕的肚子捅去。可是，青麻编织的网毕竟不如成熟的麻编织的网结实，雄金雕用雕喙、雕爪连拉带扯，很快撕开了防鹰网，防鹰网扑啦啦摔落在妮莎的脚前。康山大叫一声，扑过去推开妮莎，结果他的腰部被往上扑的金雕用翅膀的翅骨——翅膀上凸出的类似于人手肘的地方——顶了一下，康山一下子向前摔出去。

但此时雄金雕也慌了，因为猛禽一旦被击落到地上，它的凶猛和胆气就几乎全部消失了，它想的只剩下一件事：逃，逃到天上去。

这只雄金雕就是这样。它歪斜着身子，张开雕爪跑两步，下蹲起飞，但是刚飞起来，就一头撞在鹰架的横杆上，又翻个身摔了下来；雄金雕再次跳起，终于起飞腾空而去。妮莎一棒打中了雄金雕的背部，但是没什么作用。雄金雕鸣叫着逃上天空，又掉头飞回来，在防鹰网上空盘旋，盯着雌金雕发出声声悲鸣，却不敢再次扑下来。狂风吹起，它还在天空中盘旋不肯离去，最后在降下的雨雾中，向帽儿崖的方向飞去。

妮莎说："我想我错了。我不该叫你利用敌人同伴的尸体引诱敌人。那不是我们可以做的。那只金雕真的很伤心，这不是我们想看到的。"

康山说："是的，咱们不应该这么干。"

康山扶着腰，在妮莎的帮助下，从防鹰网上拉下雌金雕的尸体，冒雨把它埋在山坡上，和老青做伴。两人踩了满鞋湿泥，像落汤鸡似的回到小木屋。换湿衣服时，妮莎看康山表情痛苦，才想起他被金雕攻击的事，连忙察看他的伤势。只见康山的腰眼上已经肿起乌黑的一块。

妮莎抬手摁一下那个肿块，突然笑着说："这是金雕的翅膀撞出的伤？你的骨头是泥做的吗？"

康山愣一下，看着妮莎笑眯眯的蓝眼睛，什么也说不出来了……

青雕的计谋

青雕是在几天后的下午飞回来的，它落在小木屋前的鹰架上，不声不响地整理着右翅膀上的羽毛。妮莎在小木屋里看见青雕，惊叫一声，急忙跑出去看它。那时康山的伤差不多养好了，正在小木屋后面的高粱地里忙碌。

妮莎看到青雕的样子有些狼狈，就把它抱下来放在地上仔细查看，说："你少了好多羽毛，也变瘦了。你飞出去都干了什么？你一个帮手也没有，你打得过大金雕吗？"

青雕歪着脑袋，转动金黄色的眼睛看着妮莎，神态非常严肃。妮莎拢着青雕的翅膀，从腹部抱起，把青雕抱进屋里，叫它站在小鹰架上。又从一只小坛子里抓出一只胖胖的地鼠，扒了皮喂青雕，然后站起来和青雕比身高。

妮莎说："金雕是我见到的最大的鹰，力气也最大，它用翅膀打伤了'泥做'的好先生；你也很高，和大公鸡差不多。让我来看看你有多重。"

妮莎取出鹰秤，把青雕抱到鹰秤上，看青雕有多重。走进小木屋的康山在妮莎身后说："我早称过了，它有五斤一两。"

妮莎说:"但是它现在只有四斤一两,它瘦太多了,还受了伤。"

康山说:"这家伙可能又和金雕打架了,这很正常。这家伙被咱们喂习惯了,所以才回来养伤、休息。"

妮莎兴奋地说:"那真是太好了,咱们家又多一个成员了。"

康山说:"但我保证,这家伙住上几天,等到体力恢复之后还会离开。它会慢慢地恢复以前的生活,最终永远不回来。到那时候,那只金雕已经不能威胁它了。"

妮莎笑着,刚想说什么,突然,小青汪汪叫着从门外一头冲进来,又马上转过头,冲着门外的天空狂叫。透过小木屋的窗子,康山和妮莎都看到那只雄金雕正蹲在大柳树上,直勾勾地盯着小木屋。

妮莎说:"我们和金雕的战争还没结束。"

接下来的几天,青雕比较老实,每天天一亮就从小木屋的窗子飞出去,站在外面的鹰架上,盯着天空。有时雄金雕会飞来,蹲在大柳树上,但是它不敢冲过来,因为它害怕那面曾经捉到过自己的网。这两个对手就这样隔空相望,好像都在等待下一次交锋。有时雄金雕不来,青雕就会盯着天空出神。

妮莎默默地观察着这一切,以为青雕不会再飞走了。可是几天之后的一个中午,在鹰架上蹲了一上午的青雕,突然振翅离去。妮莎冲出小木屋,看着青雕快速向远处飞去,就喊康山:"喂,它又飞走了。"在小木屋里的康山没有说话。

青雕再次飞回来的时候，康山捕捉野鸽子去了，不在家里。康山这时捉野鸽子是为了驯养饵鸽，然后用饵鸽捕捉鹰。青雕刚刚站到鹰架上时，小青就发现了它，马上从小木屋里跑到鹰架下，扬起脑袋望着青雕汪汪叫。青雕的一只雕爪里捉了一只长着灰黑色羽毛的幼鸟，这只幼鸟看上去比青雕还大。

妮莎听到小青的叫声，连忙出来察看，意外地发现青雕捉来的这只大个头的幼鸟并不是鸟，像只雕。妮莎打了个哆嗦，对青雕发问："你在吃什么？你不要告诉我它是小金雕。"

可是妮莎心里知道自己这次猜对了，青雕吃的正是一只小金雕，是那对大金雕的孩子。青雕一直在等待时机，在小金雕能飞行之前，趁着雄金雕离巢觅食时，飞去帽儿崖啄死了一只小金雕，又捉走另一只小金雕。青雕很聪明，它知道雄金雕惧怕这里的网，所以它才会在给予雄金雕沉重的打击后，回到这里。另外，青雕冒险袭击金雕巢穴最主要的原因是恐惧，它担心一旦金雕称霸了这一带的天空，这里就没有它的立足之地了。

但是妮莎不知道这一切。她叹口气，说："我不喜欢你了。因为你干了金雕会干的事。"

妮莎坐在秋千上一直在想这件事，一看到康山从白桦林的小路上走回来，她就跑过去把青雕干的事告诉康山。康山说："这没什么，金雕毁了青雕的家，所以青雕只要还有一口气，就一定也要毁了金雕的家。这才公平。"

妮莎说:"我明白了,你是对的。"

康山说:"看,我捉了两只灰鸽子。到了草开堂的日子,我们就去捕鹰,然后驯鹰猎天鹅。"

妮莎说:"好的,我很期待。"

妮莎挽着康山的手臂,一起往回走。突然,康山听到天空中有振翅的声音。他把手里的鹰拐子举在空中,在妮莎头顶上舞动,大喊:"别怕,我会保护你的。"

妮莎抬头,看见雄金雕本来已经扑到头顶上,但是被鹰拐子吓到了,急忙升空,在两个人头顶上空盘旋。

康山喊:"走,不怕!"

康山和妮莎盯着空中的雄金雕,慢慢地后退,一直退到小木屋前的防鹰网下。雄金雕先是落到大柳树顶上,然后振翅俯冲,直接扑向蹲在鹰架上的青雕。

青雕似乎知道雄金雕是来拼命的,所以此刻它才不会扑上去和雄金雕拼命呢!它太熟悉这里了,它一展翅飞下鹰架,从防鹰网的下面飞过,一头飞进小木屋,站在了屋内的小鹰架上。

雄金雕落到鹰架下面的地上,收拢翅膀垂下脑袋,用喙碰碰被青雕丢在地上的小金雕。雄金雕叼着小金雕,掉头飞走了。

妮莎说:"金雕伤心了吗?"

康山说:"我想是的。"

几天之后,康山就将两只饵鸽驯得非常听话了。那几天,青雕没回来过,那只雄金雕也没再来过。好像雄金雕和青雕都远离了这里,这里的天空又变得和以前一样安宁了。这样的时光平静地流逝着,小青也长到一尺半高了,可以保护妮莎了。

深秋来临了。这是康山每年最盼望的季节。每天,康山都站在小木屋的外面向天空看,他在等待鹰的到来。他总是对妮莎说:"马上就是草开堂了,鹰快来了。我可以狩猎了。"

妮莎总说:"是的,我也盼望早点看到鹰,它们是从俄国的北海飞来的,能带来我家乡的气息,还能帮我们捕捉到从我家乡飞来的大雁……"

猎鹰

一场寒冷的霜降后,东北大地也就进入草开堂的时节。

康山看着枯黄的大地说:"好了,草开堂了。我需要离开几天。你自己在家要小心,小青留下来陪你吧。"

妮莎说:"我早就知道你要离开几天。所以我早早就准备好了咱们两个人的皮毛衣裤。我要和你一起去,你别想丢下我和小青。"

康山抓抓头皮,有点急了,说:"我是去捉鹰,我要悄悄地蹲在鹰窝棚里。你和小青怎么能去呢?万一你们忍不住性子一惊一乍的,鹰就跑了,我还捉什么鹰?"

妮莎见康山这次有些发急,就说:"放心吧,小青和我说好了,我们都听你的,保证悄悄地待着,一动不动,不会吵到你捉鹰的。"

康山说:"好吧!那就这样吧。"

康山带着妮莎和小青走过几条沟壑,穿过几片树林,来到滚兔子岭下,他们开始往岭上爬。康山故意不去帮助妮莎,他想让总是坐在秋千架上看日出、观夕阳的妮莎知难而退。可是妮莎知道康山的意思,所以不要他帮助,累了就说:"小青,我们要加把劲。不能叫好先生找到借口赶我们回去。"

等到妮莎气喘呼呼地爬上滚兔子岭时,康山已经坐在岭上面休息好一会儿了。看到妮莎爬上岭,他说:"你真了不起,居然能独自爬上这么陡峭的岭。赶快坐下来歇一会儿吧。"

妮莎喘息着坐在草地上说:"是的,你是对的。你看到了,我是爬上来了。可我在想,我一会儿怎么下去,往下滚吗?那谁在下面接住我呢?"

康山哈哈笑了起来。

接下来他们去察看他们要住的鹰窝棚。好在去年的那个鹰窝棚现在几乎不用怎么整理就能继续使用。搭建鹰窝棚要注意的地方很多,首先要选好适合的位置,确保观察视野好;建造的窝棚还要能和四周的环境融为一体,让上空飞来的鹰看不出有人造的事物,它们才会冲下来捕捉饵鸽,猎鹰人才有可能捉住它们。

康山叫妮莎和小青钻进鹰窝棚,在里面待着别动。康山把捕鹰网支好,把一只饵鸽固定在鹰拐子的绊爪绳上,又抓了一把高粱粒丢在地上叫饵鸽吃。

做好这一切后，康山拉着绳子钻进鹰窝棚，说："咱们看着吧。其实你能来也挺好，晚上可以陪我说说话，但现在你不能说话，也不能动。"

妮莎似乎生气了，抱着小青玩它的耳朵。一时间，妮莎和康山都不说话了。康山聚精会神地看着外面的饵鸽，等待着鹰的出现。有时那只饵鸽趴下不动，康山就拽拽连接鹰拐子的细绳，叫饵鸽动起来。只有使饵鸽动起来，天空上飞过的鹰才能发现饵鸽并俯冲下来。时间一点点地过去了，鹰窝棚外面的山岭上反射出太阳金子般的光，已经到中午了。

妮莎问："今天捉不到鹰怎么办呢？咱们回去吗？"

康山说："那可不行，咱们不能回去。那就等明天再捉。得捉到三四只鹰才能回去。"

妮莎思考了一下，叹口气，说："捉鹰可太辛苦了。没有我陪你，你一个人可怎么办呢？"

康山突然"嘘"了一声，叫妮莎不要出声，他继续盯着饵鸽。妮莎也看向饵鸽，她看到饵鸽的脖子突然变细变长，它正伸长脖子直直地盯着天空。天空很蓝，没有一片云。突然，饵鸽咕咕叫着缩紧脖子，全身羽毛爹起，往一边跳。突然，一只青雕从空中嗖的一下俯冲下来，但是它没有直接扑向被吓得缩成团的饵鸽，而是落在鹰网的外面，冷静地观察鹰窝棚里的动静。过了很久，它才向着鸽子迈了一步。康山激动不已，心想只要它再靠近点，就能捉住它了。可是这只青雕突然转头看向天空，眨眼的工夫，就振翅飞远了。

妮莎的目光追着青雕的身影，说："就差一点，是吗？"

康山正暗自叹气时，饵鸽又在鹰拐子旁边扑腾起来。康山朝饵鸽看去，一只金雕俯冲下来，探出一只利爪抓住了饵鸽。几乎就在金雕落地的同时，康山拉动了绳子，捕鹰网倒了下来，扣住了金雕。

妮莎喊："捉住了一只大的。"喊完她就先于康山往鹰窝棚外面爬，但是她刚站起来，就看见金雕已经撕碎了捕鹰网，朝天空飞去。妮莎赶过去，看到已经死去的饵鸽，对赶过来的康山说："它就是那只雄金雕。我们的捕鹰网太脆弱了。"

康山点点头，叹口气。小青过去嗅嗅死去的饵鸽，扬头冲着雄金雕的身影狂叫，但它的叫声太小了。接着，小青又做了一件古怪的事：它挖了个小土坑，把饵鸽叼进坑里，然后用爪子把土坑填好。

康山说："这小家伙和它妈妈小时候一样，干了同一件事。"随后，他不再迟疑，收拾了东西，说："走吧，咱们明天再来。"

妮莎看着滚兔子岭的陡坡，吓得腿软，说："如果我真的滚下去，你能接住我吗？"

康山说："我肯定接不住你。再说，咱们回家不用直接下岭。咱们走另一边，走山谷、钻林子回去。不过，我担心金雕还会袭击咱们。"

妮莎说："你是对的。那只金雕疯了。"

最后的复仇

康山把捕鹰网绑在棒子上,像柄小雨伞那样把它撑起来,叫妮莎扛在肩上当防鹰网用;他用绳子拴着小青,然后背上了其余的东西,一只手牵着小青,另一只手提着那根鹰拐子走在前面。两个人从滚兔子岭的后面钻进杂树林,从杂树林里走出来后,就走进生长着低矮灌木和草丛的山谷里了。山谷里没有高大的树木遮掩,容易被金雕袭击。

雄金雕果然从山谷上空飞过来,俯瞰着地上行走的两个人和一条狗,只是一直没机会冲下去攻击仇人。雄金雕朝着太阳飞,那样地上的人看它时就会被阳光晃花了眼睛,不容易发现它。雄金雕盯着头顶上没有防护的康山,也在盼望小狗不要总是走在那个人的脚边,能跑远一点⋯⋯

康山和妮莎带着小青走出山谷后,就进入湿地的边缘。湿地和佟佳江畔的野鸭湖,是康山每个初冬捕捉大雁和野鸭的地方。康山在草坡上停下,回身抬头,手搭在眉上眯着眼睛往天上看,在刺目的阳光里,他看到一个静止的黑点。

康山说:"金雕还在盯着我们,咱们三个靠近些,找高的树,走在树影里。"

妮莎说:"这只金雕能把我抓起来带走吗?"

康山说:"大漠草原上最大的雕是黑雕,抓个人上天不在话下。这种金雕虽然不是最大的,却是最凶猛的,也许也能把人抓起来。你想被金雕抓着在天上飞一圈吗?"

妮莎说："好啊,那就不知道谁会伤心了。"

康山说："咱不给那家伙机会,伤心可不好玩。"

康山这样说着,同时始终观察着雄金雕的动向。在快进入柞树林时,他说："这家伙飞下来了。咱们靠在一起慢慢走。"

看到康山和妮莎靠近了,那只雄金雕觉得没机会袭击,也不冒险,落到一块凸起的青石上,继续盯着康山他们。看着康山和妮莎带着汪汪叫的小狗进了柞树林,雄金雕也向柞树林上空飞去,继续盯着它认定的仇人。

妮莎说："好先生,我又渴又累又饿。"

康山说："想想你烤的大河鱼吧,再过不到两个小时,咱们就到家了,现在还不能停下。"

妮莎叹口气,说："我今天准备的食物太少了。"

小青突然对着天上叫起来——雄金雕又出现在他们头顶上空,却并不打算袭击康山和妮莎,而是突然下降,从树梢上往野鸭湖那边飞。

康山从妮莎手上取过防鹰网,叫妮莎牵着小青,掩护她来到湿地里。小青又盯着前方湖边的上空汪汪叫起来。湖边的一棵大榆树上,蹲着那只长着金喙、金颈、金爪,黑背、黑腹、黑翅和深棕色大翎羽的雄金雕。雄金雕的脑袋微微倾斜,雕眼盯着野鸭湖对面的荒草坡,并未看康山他们。康山和妮莎也看向荒草坡,但因为距离很远,所以只能看到荒草坡下面的湖里有起落的飞禽。

康山说："野鸭湖里来了群野鸭和天鹅,它们要住一段日子，也会打几天架。过几天我带你去看天鹅打架的样子，你会喜欢的。"

妮莎说："是的，我看到了，小的是野鸭，大的是天鹅。趁现在金雕在休息，我们赶紧逃回家吃烤大鱼。"

康山突然说："不对，那边是一只大鹰在追一只大天鹅。"

妮莎又仔细地看了看，说："我大大的漂亮的蓝眼睛的视力难道比不上你的细小的黑眼睛的吗？可是我真的看不清那边的景象。真有山鹰在追漂亮的大天鹅吗？"

康山不回答，抬腿就向前跑去。妮莎和小青跟着他追过去。追逐的双方也进入野鸭湖的中心地带，离它们更近了。这时，妮莎也看清楚了，原来是她的青雕在追捕一只大天鹅。

那只大天鹅像朵洁白的云朵，脖子伸得长长的，又像一支拖着大尾巴的飞矛，在努力飞行；青雕紧追在后，随着大天鹅拐弯、升降和转向，像有一根肉眼看不见的线连接着大天鹅和青雕一起向前飞冲一样。

蹲在大榆树上的雄金雕看准了时机，从树上飞起，贴着地面急速飞到大天鹅前方，然后突然高飞，迎着大天鹅的头部快速飞扑过去。

大天鹅看到雄金雕迎头扑过来，并不慌张，而是猛地俯冲，向水面上扑去。它伸长脖子，扇着大翅膀，张开大大的脚蹼，在落到水面的瞬间，跨动双脚，在水面上噼啪地踏水奔跑；跑出几丈远后，它又展翅飞起，向野鸭湖另一边飞去。它终于因为雄金雕的搅局而死里逃生，因为雄金雕的目标根本不是它，而是追捕它的青雕。

紧追在大天鹅身后的青雕，在大天鹅冲下水面之前就看见雄金雕了。青雕向上飞去，想躲开雄金雕，却被雄金雕早一步当空截住。青雕无法避开，只好迎着雄金雕扑去。青雕和雄金雕在空中砰的一声相撞，青雕的右翅膀撞上雄金雕的左翅膀，它的右翅膀再一次因撞击而折断，青雕被撞得向后翻滚了几圈。雄金雕金色的雕爪刹那间钩住青雕。这时，青雕鸣叫了一声，伸长脖子用铁喙啄瞎了雄金雕的一只眼睛。

康山激动地喊道："青雕，拼啊！拼了！"他的喊声带着哭腔。

雄金雕也发出一声鸣叫，猛啄青雕的脑袋。青雕头上的羽毛飘飞，一只眼睛也被雄金雕啄瞎了。青雕不甘示弱地又发出一声鸣叫，扇动另一只翅膀助力，奋力回啄，啄得雄金雕脖子上的羽毛也四处飘飞。但是雄金雕抓着青雕不放，而青雕的爪子不及雄金雕的长，抓不到雄金雕，只好抓住雄金雕的腿，不再放开。

妮莎看到这里，终于捂着嘴巴哭出声了。康山则是急得直跺脚。

青雕被雄金雕抓着向天空飞去，它临死前那一喙啄中雄金雕的头部，把雄金雕的另一只眼睛也啄瞎了。失去了双眼的雄金雕彻底失去了方向感，也失去了凶猛的气势。雄金雕甩不掉抓牢它脚爪的青雕，便在天空中打转，转着转着突然扑了下来，冲进了水里。但它的脚爪不像野鸭、大雁、天鹅

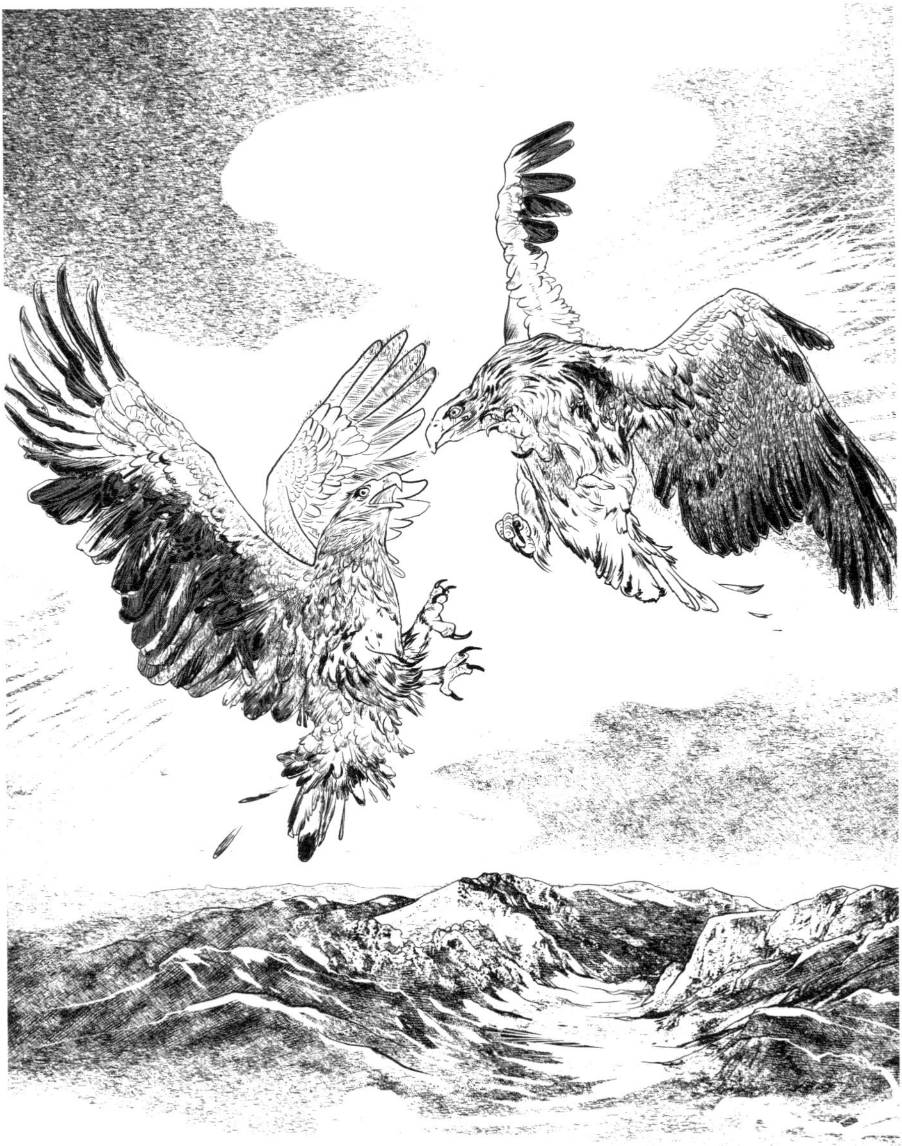

那样有脚蹼，不可能像它们那样划水而行。它扇着翅膀扑打水面挣扎。无奈的是，它的羽毛不能避水，只会吸水，吸足水的羽毛会变得越来越沉重。何况它的脚爪还被青雕抓着不放，而青雕浸在水里，更加重了它的负担，也加速了它的死亡时间。

不一会儿，它的身边就围上一群大天鹅，大天鹅的外圈还围了一大群嘎嘎乱叫的野鸭。要知道大天鹅不光漂亮，而且非常好斗，它们是不怕落进水里的金雕的。有一只勇敢的大天鹅——也许就是被青雕追捕又逃生的那只大天鹅——首先游了过去，伸长脖子，一喙拔下雄金雕翅膀上的一根深棕色的大翎羽。

雄金雕吃痛扑腾了一下，在水面上游了半圈。那只大天鹅跟着游了半圈，瞄着雄金雕的那只翅膀，又一喙拔下一根深棕色的大翎羽。雄金雕痛得又扑腾了一下翅膀，又一次在水面上再转半圈。那只大天鹅似乎认准了雄金雕的那只翅膀，继续攻击，还去拔雄金雕翅膀上的深棕色大翎羽。其他的大天鹅看到这只天上的霸王此时如此不堪一击，都叫着围上去，你一喙我一喙开始攻击。雄金雕拼命扑腾着，随着一根根羽毛脱落，它沉进了野鸭湖，湖面上只留下许多黑色的和深棕色的大翎羽……

康山、妮莎，还有小青已经站在野鸭湖的岸边上。康山叹息着，擦去眼睛里涌出的泪水，说："青雕的仇报得挺彻底。"

妮莎已经哭红了眼圈，点点头，说："雄金雕死了，以后再也没有东西在天空威胁我们了。但是,青雕也离开我们了,我们一家还是三个成员。"

两个人和一条狗掉头往回家的路上走去……

大老鼠和大雷猫

[俄罗斯] 韦·阿斯塔菲耶夫

养鸡场里有一只大老鼠，它凶残至极、贪婪至极、狡猾至极。它的毛色锈黄，背部像是被火烙过似的，尾巴短得出奇。想来是它年轻最放肆的时候，尾巴被夹子夹住，那长长的一截尾巴就丢在了夹子上。

这只大老鼠，凭借它的残暴"掌控"着整个养鸡场。养鸡场里，只要胖胖的大头狗一来，小个子老鼠就都逃得没影儿了。这个黑乎乎的鸡王国里，这胖狗当然是最有震慑力的角色了，地板下的世界里那些老鼠没有一个敢触犯它的规矩；但是到了夜晚，狗在屋里睡觉，地板底下的老鼠们就闹腾得欢了，尤其是那些大老鼠，整晚整晚地打架不算，还"吱吱吱吱、叽叽叽叽"肆无忌惮地叫，把管鸡场的库奇亚大叔气得头疼。

这头号大个儿老鼠，库奇亚大叔叫它米拉哈。

库奇亚大叔和米拉哈也不是一直都是你死我活的仇敌，他们有时候也能和平共处、相安无事，不过这也只是有时候。从根本上说，他们彼此是势不两立的仇敌，对彼此恨之入骨。米拉哈恨库奇亚大叔，是因为它自认为自己是鼠界的皇帝，而库奇亚大叔却老要跟它作对；库奇亚大叔恨米拉哈这个胡作非为的家伙，是因为它和它那帮无恶不作的坏蛋，总肆无忌惮地破坏鸡场里的财物，偷吃鸡的粮食。随着它的那股邪恶势力一天比一天壮大，米拉哈也就越来越无法无天，胆大妄为。

库奇亚当然也用过老鼠药，可老鼠们压根儿连碰都不去碰一下。它们知道，这黄褐色的颗粒虽然随处可以捡到，闻起来也香喷喷的，却是毒性非常猛烈的东西；而老鼠夹子也只能用来对付那些愚笨的小个子老鼠。后来，库奇亚大叔终于弄明白了，他之所以一直治不了这鸡场的鼠害，全是因为这只被他称为米拉哈的老鼠。"擒贼先擒王"，想要治住这帮小盗贼，就得先拿住这个米拉哈。

每当库奇亚大叔来给鸡喂食时，所有的大老鼠、小老鼠都蹑着脚跑出洞来。一时间，鸡场里一眼望去都是窜动的老鼠，米拉哈悄无声息地在鸡场里转悠着，毫不客气地偷吃食槽里的鸡粮。它只管大口大口地吃，根本就不看库奇亚大叔一眼，好像完全不怕他似的。

"来吃啦？"库奇亚大叔压低嗓门对米拉哈说，"吃吧，吃吧。吃完再转悠转悠，在这养鸡场里你不用客气。"

正吃食的米拉哈停住了，朝库奇亚大叔瞅瞅，然后悻悻地拿爪子抹了抹嘴。

老汉一心一意地从箱子里一个接一个捡着鸡蛋，存心不看米拉哈一眼。

大老鼠知道老头是故意这么做的，他迟早要对自己下手，但至少不是现在，所以它就不慌不忙地离开了。库奇亚大叔离它差不多有五步远的距离呢，于是它摇摆着它的大屁股，一扭一扭地钻进它的地洞里。米拉哈一进洞，洞里就立刻传来吱吱、叽叽的尖叫声，这是小东西们向它们的妈妈要奶吃呢。米拉哈在小东西们面前一点不凶，只有对坚硬的东西，它咬起来才下狠劲。

库奇亚大叔被惹怒了，他用手里的小刷子敲击地板，使劲儿跺脚，举起双手来吓唬它，但是这一切并不能让他的心情稍稍平静，他简直要因为自己的无能为力气得号啕大哭了。

每天，一到夜里，整个鸡场就会传来咔嚓声、骚动声和咬啮声。这是那群十恶不赦的"蠢贼"在米拉哈的带领下放肆啃地板，在鸡场下面挖地洞。哪儿能吃到合它们胃口的东西，它们就往哪儿搬。近来，它们可能是因为吃的东西越来越少，所以就不得不去啃咬木地板和横梁。洗劫完鸡场里合它们胃口的东西以后，老鼠们吃不到谷粒，就去咬装在木桶里和藏在箱子里的东西。大老鼠米拉哈甚至下狠劲去啃咬几只病鸡。到了最近这一两天，它们咬的就不只是鸡了。

近来，库奇亚大叔把鸡场打扫、整顿了一遍，弄得他疲倦极了，他浑身酸痛，于是就进浴室里去泡了个澡。泡过澡，他拿剪刀修了修胡须，对着圆镜梳了梳蓬乱的头发，然后打开收音机，随后躺到床上，准备打个瞌睡。

他睡着后不久，忽然一阵嘈杂的声音把他给吵醒了。

库奇亚大叔醒来，想了想，这该是老鼠们在墙上跑动吧。老鼠们喜欢吃木板缝隙里的青苔，还喜欢在木板缝里挖秘密通道和逃跑出口。但是，库奇亚大叔没有看见其他老鼠，倒是一眼看见了米拉哈。米拉哈沿墙壁上来，慌慌忙忙钻进一只箱子，这只箱子原本是用来装机器零件的，现在库奇亚大叔用它来储藏鸡蛋，每装满一箱鸡蛋，他就把鸡蛋拿去交给农庄。米拉哈嗅到鸡蛋的气味，就用它的四只爪子从箱子里抱起一个，一点一点往箱口挪动。

库奇亚大叔有意不去惊动米拉哈，继续装睡，而他的一只眼却半睁着看米拉哈接下来要做什么。米拉哈朝四周打量了一番，一边打量一边翘动着两边的胡须，再闻一阵地板的气味，接着，一下子转身躺在板壁下。米拉哈抱不住鸡蛋，它躺下的时候一撒爪子，蛋就咕噜噜滚了下来，啪嗒一下，在地板上碎了。

库奇亚大叔想，这只大老鼠偷不走鸡蛋只好死心了。但是他想错了。

它还继续想办法偷鸡蛋呢，于是它又钻进洞里去。

过了一阵，这个鼠头领带了三个帮手过来。帮手们背部朝下，一排躺在地板上，米拉哈则钻进箱子，将蛋挪到箱子边上，一个接一个把蛋搁到躺在地板上的老鼠肚皮上，然后躺在地板上的老鼠站起来，把鸡蛋往地洞里推。才一眨眼的工夫，四枚鸡蛋就都被搬进洞里。它们接着又转身回来，继续用这个办法搬鸡蛋。

库奇亚大叔急了，自言自语："用不了一会儿，我的鸡蛋就都被搬光了！"

老鼠们听见人的说话声，慌忙逃了，把鸡蛋扔在了地板上。库奇亚大叔一边把鸡蛋一个一个捡回箱子里，一边寻思。他老早就听说过老鼠偷鸡蛋的事，原来它们用的是这样一个办法啊。他活到这把年纪，还是头一回看见呢。

第二天早上，库奇亚大叔去农庄管委会说了老鼠偷鸡蛋的事。管理人员饶有兴趣地听着。从此，每见到库奇亚大叔，他都会问鸡场的鸡蛋有没有被偷："你那里的那只米拉哈还活着吗？"

库奇亚大叔听了这俏皮的问话，没有像往常一样嘻嘻一笑。他紧紧皱起眉头回答说："活得好好的呢，胃口还越来越大了。"

这老鼠偷鸡蛋的事，许多人原先也只不过是作为趣闻听听而已。可是，越来越多的人讲起大老鼠作祟的事，大家才觉得这大老鼠还真的是个问题。竟还有人说，有人亲眼看见，只一眨眼的工夫，大老鼠们就把一桶红酒喝得干干净净的了，而警察却怀疑是酒厂的人推卸失窃的责任……总之，库奇亚大叔对大家只把大老鼠的故事当作笑话听听这一行为感到很惊讶。他甚至没等大家笑完就开口气冲冲地说："该想个办法对付它了，不然农庄的财产都要保不住了，而你们竟然还只当笑话来听，听过、笑过，就当作啥事都没了！"

"是啊，是啊，这可不是我编出来的故事啊，真的得当回事来解决了！"来报告的人生气地说。

这时，库奇亚大叔插嘴："既然大家都不管鸡场的事，这鸡场也就办不下去了，我也不干了，你们另请高明吧。要是没有人能治治这米拉哈和它的那帮疯狂的盗贼，养鸡场很快就得完了。"库奇亚算得上是个铁汉子，可如今他被这群老鼠整得都快要崩溃了。库奇亚大叔撂下这句硬话，自己摔门走了，他这一摔门，震得墨水瓶都从办公桌上滚落下来。

农庄领导很快就抽时间去鸡场看了看。库奇亚大叔让领导看被打碎了的鸡蛋，看被咬破的地板，还有附近数不清的老鼠洞，最后诉苦说，自己这点奖金要是被扣光了，他也就只好去喝西北风去了。反正，他的牙也开始咬不动新鲜东西了，也该离开这养鸡场了。领导还是头一次听到库奇亚大叔这么诉苦，甚至说自己已经成为"多余的人"了。领导想不到库奇亚大叔会说出甩手不干这样的话，觉得问题再不解决真是不行了。

"问题确实是灾难性的！"他想了想，跟库奇亚大叔建议说，"这样吧，把我们那里那只莫西库给弄来，在你这里待一段时间，这猫虽然懒散，可老鼠们一嗅到猫味儿，也就都会害怕了。"

领导说的那只莫西库，不只是出了名的懒，还胆小。它在鸡场待了一天一晚，就受不了了。

起先它到处嗅，边嗅边扭动尾巴。可天色一暗下来，大老鼠就开始在地板下大吵大闹，四处窜动，吱吱叽叽、吱吱叽叽，夜越深，闹得越吓人。

莫西库起初被吓得蹲伏在床底下，一动也不敢动；接着，它又跳上库奇亚的床，寻求保护。

库奇亚鄙夷地看着它，一脚就将它踹下了床。库奇亚想，这样的窝囊废能守得住农庄的粮食和财物吗？

早上，莫西库跑到门边喵喵叫，就像在说："哦哟！求求你放我出去吧。再待在这屋子里，我非得完蛋不可了！"库奇亚大叔打开门,一脚就把毛色油亮的大个子猫踢出门。

第二天,库奇亚大叔就搭车到镇上去了。在镇集市上,他看见一只可怜兮兮的流浪猫,只剩一只耳朵,可眼神很野,放着凶光。

这猫在集市上东游西逛。瞄上肉摊上的肉,就憋足劲儿上去偷一块,偷完马上溜之大吉。要是运气好,它还能逮上只麻雀什么的。它吃饱了,便到一边的奶铺的屋檐下趴着,酣畅地打起瞌睡。

谁见了这流浪猫都挥手一拍、抬脚一踹,把它赶开。于是它就继续去干点偷偷抢抢的勾当,反正饿不着自己就行。

猫此时蹲在一只包装袋里,寻找机会抢别人拿来卖的小鸟。猫吃完抢来的小鸟,就伸伸懒腰,游荡到远处去看能不能再找点什么吃的。

就在这集市边上,库奇亚拉住一个邻居的手,高兴地说:"我就要这只猫了!它打起呼噜来像打雷!我的养鸡场正需要它!"

"谢天谢地,那你就带它走吧,谁也不会来干涉你的!整个集市都对这只贼猫感到头疼。如果你带走它,大家都会对你感激不尽的!"

"可是我怎么能逮住它呢?"库奇亚恭敬地问邻居,"它一定挨过不少揍,它一定像怕火炭似的怕人。"

库奇亚在集市上找到一个看上去很野的男孩,对他说,要是他能逮到这猫,就给他一卢布作为酬劳。才半个钟头,男孩就把这集市的"头号害虫"捉来送给库奇亚大叔了。他把流血的手伸给大叔看,说这是为逮住猫而遭猫抓的。为这伤,他要求大叔再加点钱:"给添点儿吧,大爷,给添几个子儿吧,你瞧我手上这血!"

库奇亚大叔往他手里塞了二十个戈比。

库奇亚大叔捡了个便宜,感到得意又开心。他给这新来到鸡场的猫取了个怪吓人的名字,叫"大雷猫"。

养鸡场里的人都喜欢这只独耳猫。它在鸡场里兜了几圈,到处走了走。它从桌子上抓走一块猪油作为它收取的见面礼,然后它把猪油拖到一个别人看不见的地方吃了。随后它就在一个原来用来装蔬菜的木桶里呼呼睡了,鼾声大得像打雷声。

库奇亚大叔知道猫偷走了他一块猪油,可他没骂它,也没揍它。大叔对这只无家可归的流浪猫百依百顺、关怀备至,想努力感化它的心灵。他几次试图去抚摸它,却总是被它用爪子抓,不过,库奇亚大叔依然耐心地迁就它。猫再怎么抓他,再怎么对他无礼,他也总是忍受着、担待着,希望它能在养鸡场里安心待下来。

大雷猫睡了一觉。醒来之后,它伸舌头舔着喝了些水,"喵呜喵呜"大叫了一阵。随后,就如大叔所希望的那样,它的性情大有转变。它的尾巴像船舵般转动起来,从这边扫到那边,从那边扫到这边,它又缩起脖子,接着就一个弹跳,跃身钻进一个屋角里,从一排木桶中间穿过去。不多一会儿,传来一阵吱吱的尖叫声,转眼间,大雷猫用利牙咬到一只老鼠,从木桶间钻了出来。

它的一双大眼里闪烁着冷峻的绿光!

它可不跟老鼠闹着玩。世界上，还有比这更干脆利索、一击制胜的进攻吗!大雷猫这时正饥肠辘辘，它甚至没有来得及好好尝尝这只老鼠的味道，就囫囵把猎物吞进了肚子。

库奇亚大叔暗暗窃喜，说："太好了!坏蛋们没戏了!这些十恶不赦的家伙的好日子今天算到头了!"

第二天早上，库奇亚大叔把大雷猫扔在炉边的老鼠扫成一堆。这些老鼠大小不一、毛色不一、种类不一。大雷猫已经吃得肚子鼓鼓的。它干了一宿的活，实在累坏了，现在正歪躺在一块板上，沉沉地打着瞌睡。

库奇亚大叔要犒劳这解决鼠害问题的功臣，他甚至来不及烧一壶茶，就匆匆离开养鸡场。一个钟头后，老头拎了一罐牛奶回来，这时正好大雷猫醒了。他柔声细语地对猫说："喝，把牛奶都喝了!"

大雷猫也不客气，几大口就把牛奶喝个精光，接着又钻进木桶里去睡觉了。

夜里，大雷猫又忙着逮老鼠。

从此，地板下再没有了老鼠们打架的吵闹声，也再没有了它们窜来跑去的喧嚣声。

大老鼠、小老鼠都躲藏起来了，几乎不出来偷盗了。它们时时生活在恐惧之中，担心小命不保。每天夜里都会有老鼠忽然发生低声惊叫，那准是它们的梦境里出现了大雷猫那双发着绿光的眼睛。

有时候，库奇亚大叔和大雷猫会一道进鸡场察看，因为还有老鼠在打鸡的主意。

库奇亚大叔带着责怪的语气对大雷猫说:"伙计,米拉哈最近不来撬你的牙齿了?老鼠们这些日子可高兴了。你得设法逮住米拉哈呀,只有消灭了它,你才算圆满完成任务啊,才不愧'大雷猫'这个称号呢。"

老鼠们都躲到地板下去了,不来招惹大雷猫。于是,库奇亚大叔就去把鸡场两边的所有洞穴、所有缝隙都堵起来,只在厨房里留一个老鼠的出口。这样,就大大减少了大雷猫的工作量。

米拉哈一直不露面,可是它还活着,这一点毋庸置疑,因为有时候还能听到它拉锯般的尖叫声。这个死不了的老鼠叫起来声音很特别,库奇亚大叔一下就能分辨出来。

大雷猫对米拉哈的声音很熟悉。它蹑着脚悄悄走近厨房里大叔故意给它留的洞门边,轻轻转动着尾巴,耐着性子等着米拉哈出现。洞口时不时就会传出啮咬声、尖叫声、吵闹声,大雷猫甚至还从炉灶里拖出过一只老鼠。

库奇亚大叔跑过去看,但他看见的只是米拉哈的一个属下,它应该是被派到洞口来侦察情况的。

大雷猫吃了太多的老鼠,实在不想再吃了。于是库奇亚只得把大雷猫关在养鸡场里,逼迫它捉老鼠。

有一个夜晚,半夜里,大雷猫一直坚持在那洞口边蹲守着。忽然,响起一阵嘈杂声,母鸡们噗噗拍动着翅膀,公鸡们放声大叫。库奇亚大叔赶忙套上毡靴,跑过去看究竟发生了什么事。

在鸡场一个半明半暗的角落里,在一个孵蛋窝的箱子底下,他发现了受伤的大雷猫,它正使劲儿舔着自己伤口。在离它不远的地方,是已经咽气的米拉哈。

大雷猫连看都不看一眼米拉哈。

库奇亚大叔弯腰仔细检查被咬伤的大雷猫,拿不定主意是该去抚摸它,还是该安慰它几句。老人兴奋得无以复加,只说了几句话:"我的好大雷猫!作为一名卫士,你太伟大了!你真正做到了为民除害!你为咱们农庄立了一大功,我会去农庄要牛奶和鱼,作为你立功的奖励。我再去建议农庄把本来用来奖给狗的奖章也给你一枚,他们会给的!我一定会为你努力争取的。"

后来,大雷猫真的得了枚奖章。大雷猫的英勇事迹传遍四邻八村的每个角落。人们都纷纷来看,以一睹大雷猫的风采为荣;学生则整个班级一起来看大雷猫。一位带队教师还把大雷猫的事迹写成一首长诗,寄给报社,可报社说,他们的报纸只宣传人物的英勇事迹,还从来没有登载过宣传动物的报道。这样一来,报纸便失去一位等待报道这一消息的读者了,那位教师从此也就不再给报社写稿了。

(韦苇 译)

野兔萨特

雨街

危险来临

在其其格大草原上，有一个高大的土丘。土丘上长着一些低矮的树木，树木下长着稀疏的蕨麻委陵菜，还有绿油油的狼毒花。野兔萨特一家就住在这里。

夏季的草原特别炎热，只有当夕阳慢慢落下山后，才会有凉爽的风，就像绿草一样从地里生长出来。野兔萨特一家也感觉到了洞外的温差变化，陆续从洞里钻出来，在夕阳的余晖中四处觅食和玩耍。

萨特的爸爸长得非常强壮，它出洞后的第一个动作就是后腿发力，猛地向上一跳，然后挥舞前爪，在空中来一个转体，身体瞬间就在空中变换了方向。接着，在后腿落地的刹那，猛地在地上一蹬，那力度真大呀！只是这一蹬，野兔爸爸就像弹簧一样又跳了起来，并借助惯性向前冲去，一下子就跃出去七八米远。

野兔妈妈瞅着野兔爸爸像风一样远去，然后又像风一样回来，转眼间，就用爪子在地上画了一个大大的圆圈。更神奇的是，野兔爸爸脚下带起的尘土飘浮在空中，在夕阳的映照下，像一个金色的大光环。

萨特也学着爸爸的样子跳向空中，但身体在空中转到一半就落到地上，不过，它继续学着爸爸的样子，向远处跑去。

野兔妈妈见萨特跑远了，就用后腿咚咚地敲击着地面，那是野兔妈妈向它发出呼叫的信号，意思是说："别跑远了，危险！"

其其格草原上有鹰，也有草原狼、狐狸和野狗。弱小的兔子必须时刻注意周围是不是有危险存在。

果然，就在萨特跑出去没多久，远处就传来野狗低沉、粗犷的吼叫声。野兔妈妈知道要出事了，心急如焚，它一遍又一遍地用后腿敲击着地面，时不时用后腿站立起来向远处张望，寻找着萨特的身影。

就在这时，远方有三条野狗向这边跑过来，"汪——汪"的吠叫声也越来越近。野兔爸爸知道不能再等下去了，只见它身子一缩，接着向上一跳，迎着野狗奔来的方向跑去。

被野狗追击

野兔爸爸在奔跑之前，总要先向上跳跃一下，这是它在观察前面的路况呢。因为它在奔跑时，没法观察前面的情况，所以它每跑一段路，就会猛地向上跳一次。

野狗的吼叫声简直要把野兔妈妈的心撕碎了。它在原地不停地蹦来蹦去，虽然洞口就在身边，但它就是迟迟不肯躲进去。

野兔爸爸面对三条野狗也是不寒而栗，但为了救回儿子，它必须用自己的身体当诱饵，把三条野狗引开。想到这里，野兔爸爸又猛地一跳，发现那三条野狗果然正紧紧追着萨特。

萨特虽然身手没有野兔爸爸敏捷，但因为每天模仿野兔爸爸的动作，也学会了很多技巧。

只见它像射出去的子弹一样快速奔跑着，遇到土坡，还会加重后腿上的蹬力向前猛跳，身体随之越出去三四米远。

三条野狗没想到这只未成年的野兔也会跑得这样快，它们像是和萨特较上了劲，身子向下一伏，身体的重心也随之降低，向前奔跑的样子感觉就像在草尖上飞一样。

萨特毕竟是一只未成年的兔子，逃跑的经验还不足，尽管它拼命往前跑，可没过多久，还是被三条野狗追上了。眼看野狗的嘴巴就要咬到萨特了，只要野狗再加把劲，纵身向前一跃，萨特必定被扑在身下。

三条野狗的嘴巴大张着，舌头长长地伸在外面，唾液随着舌头的抖动四处飞溅，有的竟然溅到萨特的身上。萨特也意识到自己的处境十分危险，现在它只有猛地来个急转身，才能摆脱野狗的追捕。想到这里，野兔萨特后腿猛地朝旁边用力一蹬，突然转了个弯。

野狗显然没有萨特灵活，追在最前面的那条狗随着萨特转弯，结果就像突然踩了刹车一样，身体转到一半，后腿一滑，"扑通"一声摔在地上。后面的两条野狗显然被摔倒的野狗吓了一跳，身体向上一跃，就从摔倒的野狗身上跳了过去，继续以飞快的速度追赶着野兔萨特。

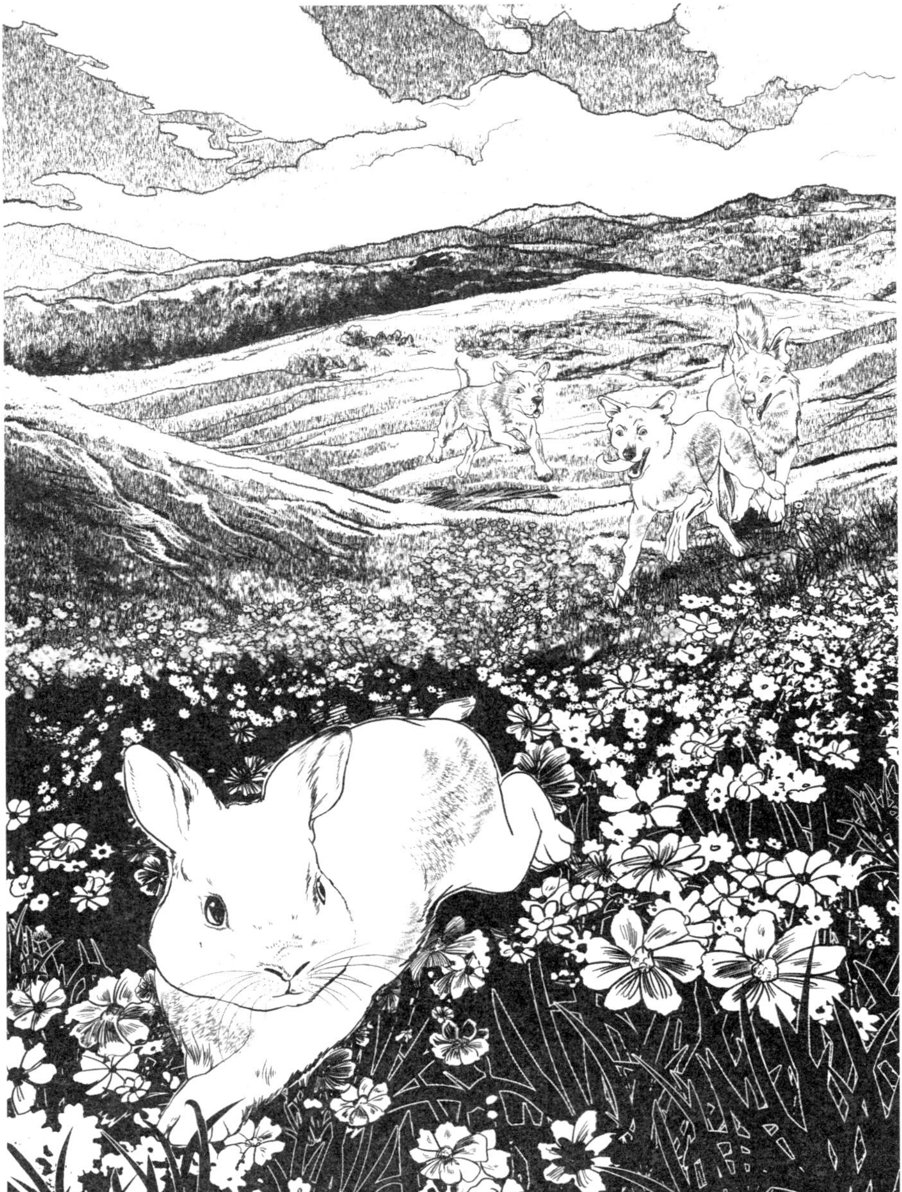

三条野狗很气恼，这只野兔像是故意耍弄它们似的，总不停地在原地兜着圈子，既不躲藏，也不跑回自己的洞穴。它们哪里知道，这是萨特故意采取的拖延战术，好让爸爸妈妈趁机躲藏好。

野兔遇到袭击时，不会向着自家洞穴的方向跑，这是它们本能的表现。

三条野狗追逐了一会儿，渐渐掌握了萨特奔跑的规律，领头的那条野狗稍微变换一下追逐的姿势，由外面包抄，就是为了缩小野兔的奔跑空间；另外两条野狗便心领神会似的，同时向相反的方向跑去，然后又悄悄地跑回原地，埋伏在草丛里。

萨特没有注意到野狗的这些变化，仍一阵风似的向前奔跑着，很快萨特就进入了另外两条野狗布下的埋伏圈，追逐的那条野狗竟然汪汪地叫了起来，这也是野狗之间传递信息的一种办法，好像提醒说："兔子来了，别让它跑了！"

萨特不知道后面的野狗为什么狂叫，就在它愣神的工夫，已经在前面等候的两条野狗听到野狗首领的叫声，马上跳出来夹击萨特。

面对这么凶险的局面，萨特也慌了神，竟突然停在了原地。野狗也没有想到会出现这种情况，它们还是按着原先的速度向前奔跑着，结果一时收不住，后面的野狗一下子就从萨特的身上越了过去，并撞在前面的一条野狗身上。两条野狗相撞，发出一声闷响，"嗷嗷"地叫着。

两条野狗都身受重伤，其中一条弯着脖子，挣扎着从地上站起来，在原地转着圈子；另一条则抬着一条前腿，想退出"战场"，但它的那条前腿伤得很重，每向前迈一步，受伤的那条腿就得落下来一次，然后它又像踩在烧红的铁片上似的，"嗷"地叫一声，它迅速抬起伤腿，这样一来它根本没办法保持身体平衡。果然没走几步，这条野狗就扑通一声倒在了地上。

第三条野狗好像对受伤的两条野狗视而不见，转身直接扑向仍蹲在原地的野兔。眼看萨特就要被那条野狗追上，就在这时，草丛中跳出一个土褐色的身影，突然出现在萨特和野狗中间。萨特一看，原来是野兔爸爸来救它了。

本来已经筋疲力尽的萨特又恢复了一些体力，掉头向一片草丛跑去。更巧的是，草丛里竟然隐藏着一个洞穴的洞口，萨特想也没想，就钻了进去。

幸运的兔子

野兔爸爸跑到野狗面前，就是想把野狗引开，只有这样，它的孩子才能脱离险境。

野狗果然上当了，"汪——汪"地叫着，朝着野兔爸爸奔跑的方向追赶过去。

开始，野兔爸爸跑得并不快，那条野狗以为野兔爸爸更容易捕捉，注意力自然也就全放在了野兔爸爸身上。

野兔爸爸时快时慢地在前面奔跑着，它像被施了魔法一样，总能与那条野狗保持着一定距离。后来，野兔爸爸突然像飞一样奔跑起来，野狗怎么也追不上了。

野狗的脚步渐渐慢了下来，然后停在那儿，它望着野兔爸爸的身影不停地喘着粗气，也许这条野狗正在懊恼："一条野狗竟然被一只野兔子耍了，我真是好蠢呀！"

野兔爸爸摆脱了野狗的追击后，并没直接返回洞穴，而是在四下兜了几个圈子，把足迹弄乱了，然后身体猛地向旁边一跳。这样一来，野兔爸爸的足迹就像突然断开了一样，假如有猎狗想通过气味追踪它，也就失去了方向。

过了一会儿，野兔爸爸又回到了洞中，一心以为现在可以全家团聚了。谁知，洞里只有野兔妈妈，小兔子萨特没回来。野兔爸爸和野兔妈妈的心情顿时又沉重起来。

野兔妈妈再也待不下去了，它钻出洞口，先向上跳跃了一下，观察四周的情况，然后凭着直觉，向前面跑去。

动物的感觉往往是很准的，也许是它们之间有某种生物信号的感应，或者是微弱的气味在发挥作用。总之，动物在寻找自己的家人时，出现判断失误的情况少之又少。

野兔爸爸也紧紧地跟在野兔妈妈后面，只见它们跑跑停停，没过多久，就来到萨特藏身的洞穴附近。

萨特钻进的那个洞里住着一窝臭鼬，当时臭鼬妈妈正给五只小臭鼬喂奶，突然听到有动物钻进洞来，睁开眼睛一看，不由得大吃一惊，心道："野兔什么时候也变得这么大胆了，竟然敢往我的洞里钻。"

萨特发现了洞中的臭鼬，同样也吓了一跳，条件反射般就向洞外跑去。臭鼬妈妈也以迅雷不及掩耳之势向野兔萨特扑了过去。这送上门的晚餐，臭鼬妈妈又怎么肯轻易放过呢。

弱小的动物在弱肉强食的动物世界能够活下来，除适应环境，懂得保护自己以外，还有一个重要的因素，那就是幸运。萨特就是这么一只幸运的兔子，每次在生死攸关之时，总会有意想不到的事情发生，并在无形之中帮助它化险为夷。

家中有正在哺育孩子的动物妈妈时，捕食的任务一般都由动物爸爸担任。动物妈妈不到万不得已，是不会离开自己的孩子的。可今天的情况太特殊了，兔子竟然自己送上门来，所以臭鼬妈妈一时糊涂，竟忘记了孩子更需要它保护，昏头昏脑地就追了出来。

就在臭鼬妈妈起身追赶萨特时，一条大青蛇潜入了臭鼬的洞穴中。这条蛇一直在等着臭鼬妈妈离开，好对它的子女发动袭击。

小臭鼬刚刚会爬，没了妈妈的保护，哪里是大青蛇的对手。只见大青蛇的蛇头向上一抬，接着又猛地向下一落，就把一只肉球一样的小臭鼬吞入口中。其他四只小臭鼬惊恐地吱吱叫着，挤成一团。

也许大青蛇没想到猎物这么容易得手，它在吞食小臭鼬时显得那么慢条斯理，尾巴还惬意地摆动着。当看到剩下的四只小臭鼬惊恐地挤作一团时，大青蛇把尾巴向上一收，把四只小臭鼬紧紧地揽在一起。只见它一边慢慢地把小臭鼬吞入嘴巴，一边上下起伏着蛇身，好像它在逐一打开身体的通道似的。没过多久，那只小臭鼬就被大青蛇吞下去了，大青蛇的腹部顿时鼓起来一个大包。

在吞食小臭鼬的过程中，大青蛇的身子仍不停地翻转着，那是大青蛇在收紧腹部的肌肉呢。没过多久，被大青蛇裹住的四只小臭鼬被挤压在一起。

野兔萨特逃跑的速度显然没有臭鼬妈妈的快，它刚逃出洞口，便被臭鼬妈妈追上了。

萨特知道自己无法逃脱，这反而激发了它的斗志。只见它后腿猛地向上一踢，正踢中臭鼬妈妈的下巴。臭鼬妈妈没有料到野兔会反击，更令它没有想到的是，它已经张开的大嘴，在野兔萨特后腿的撞击下，又硬生生地合上了，而伸在外面的一截舌头，竟然被自己的利齿咬断了。

臭鼬妈妈发出一声尖叫，鲜血顿时从嘴巴里流出来。臭鼬妈妈神情木然地站在那儿，那样子就像傻了似的，完全不知道自己该干什么。

野兔爸爸和野兔妈妈刚一赶到，就看到萨特被臭鼬妈妈一口咬住。野兔爸爸像自己被咬中了一般，身子一下子弹跳到空中，并在空中翻转着。野兔妈妈也急得团团乱转，因为此时它不知道用什么办法才能救出自己的孩子。

然而让野兔爸爸和野兔妈妈意想不到的事情发生了——臭鼬妈妈受伤了，但至于是怎么受的伤，野兔爸爸和野兔妈妈可没时间细想。

野兔妈妈见此情形，焦急地用后腿咚咚地敲击着地面，那意思就是在说："孩子，快跑呀！"

野兔妈妈用后腿敲击地面的声音，能通过声波传送到一百五十米至二百米远的地方。虽然声音很细微,但萨特还是通过脚垫上的触觉及时捕捉到了。它知道这是爸爸妈妈来救自己了。它身子向下一俯,向着声波传来的方向跑了过去。

到嘴的猎物逃走了,臭鼬妈妈就像毫无察觉一样。原来,臭鼬妈妈的听觉全部倾注在洞内发出的声音上,那吱吱的叫声,不像是小臭鼬玩耍时发出的声音,而更像是在呼唤妈妈来救命,而且在小臭鼬的吱吱声中,还夹杂着某种动物倒吸凉气时发出的咝咝声。

臭鼬妈妈就像一下子被丢进了冰水中,身体不停地哆嗦着,身上的毛发也都竖立起来。只见它猛地转过身,前腿向下弯曲,并低下头,钻回洞中。

蛇鼬大战

大青蛇感知地面声音的变化的能力比任何动物都灵敏,就在它准备吞食第三只小臭鼬时,猛地感觉到洞外的追逐声突然停止了,而且有一个动物向远处逃去。根据从地面传回的声音,不用猜,就知道是野兔在奔跑,而臭鼬妈妈则站在离洞口不远的地方,四肢剧烈颤抖起来。那声音从地面传过来,这对大青蛇来说可不是个好兆头,更像是一种警报。

大青蛇松开盘在一起的身子,脑袋左右摆动着,把已经吞进口腔中的第三只小臭鼬吐出来,然后脑袋贴在地上,左摇右晃地向洞外爬去。

大青蛇刚爬到洞口,便与臭鼬妈妈迎头相遇。臭鼬妈妈下意识地向后一闪，大青蛇便从臭鼬身子下面钻了过去。

臭鼬是不怕蛇的，有时还会以蛇为食。蛇是一种很阴险的冷血动物，它们没办法猎杀成年的臭鼬，便把目光放在刚刚出生的小臭鼬身上。虽然一对成年臭鼬每胎能产五六只幼崽，但能逃离蛇口并存活下来的并不多。

大自然就是这样让各生物之间相互制约，进而达到生态平衡。

假如此时大青蛇的身体是平整、浑圆的，已经受伤的臭鼬妈妈也许会放过它；但大青蛇的腹部此时明显有两个凸起的地方，显然是有两只小臭鼬已经遇害了。臭鼬妈妈气坏了，它冲着大青蛇大吼一声，长长的下巴就向大青蛇的尾巴砸了下去。

臭鼬妈妈这一下砸得真重呀，大青蛇的尾巴在臭鼬妈妈嘴巴的撞击下，一下子断成两截。

大青蛇狂怒，身体一下子收缩在一起，然后又像甩开的皮鞭，向臭鼬妈妈抽去。臭鼬妈妈躲了一下，但没躲开。那蛇身一接触到臭鼬妈妈的身体，就像是有了自动缠绕功能，马上一圈圈地缠在臭鼬妈妈的身上。只见大青蛇腹部的鳞片来回翻转，并向里收缩着，身子像越捆越紧的绳子。

臭鼬妈妈自从断了舌头后，已经流了大量的血，身上的力气也随着血流走了。刚才，情急之下又把嘴巴当榔头用，重击大青蛇的尾巴，伤口无疑又受到一次重创，疼痛让它神思恍惚，身体也不由得摇晃起来。

如果臭鼬妈妈不受伤，大青蛇根本不会有机会把臭鼬妈妈缠住。

如今，大青蛇把身体缠绕在臭鼬妈妈身上，兴奋和恐惧让大青蛇丝毫不敢掉以轻心，以至忘记了丢掉尾巴的疼痛。

大青蛇的身体随着臭鼬妈妈的呼吸起伏着，但仔细观察后就不难发现，每当臭鼬妈妈呼出一口气，大青蛇腹部的鳞片就像绞索似的向里绞合一次，臭鼬妈妈的肺被不断挤压着，呼吸也就越发变得急促，这就加大了大青蛇成功绞杀它的概率。

此时的大青蛇显然忘记了两点：一是自己断掉的尾巴，二是臭鼬妈妈的秘密武器。

当臭鼬遇到危险时，它常常用它那特殊的黑白颜色警告攻击它的敌人。如果敌人靠得太近，臭鼬会俯下身，竖起尾巴，用前爪跺地发出警告。如果警告未被理睬，臭鼬便会转过身，向敌人喷出恶臭的液体。这种液体虽然不能直接杀死猎物，但能使被击中的猎物短时间失明，而且其强烈的臭味在八百米的范围内都可以闻到。所以绝大部分掠食者，如美洲野猫、美洲豹，除非它们非常饥饿，否则是不会轻易靠近臭鼬的。

臭鼬妈妈身体摇晃得更厉害了，接着就像失去了筋骨支撑一般，扑通一声瘫倒在地上，同时，一个臭屁也被大青蛇从臭鼬妈妈的体内挤压出来。

臭鼬妈妈倒下之后，它的屁与扬起的尘土混合在一起，笼罩了大青蛇。大青蛇顿时像窒息了一样，身上的肌肉像被打了麻醉剂一样失去了知觉，躯体像失去了弹性的绳子一样，软弱无力地松开了。而由于刚才用力缠绕臭鼬妈妈，大青蛇的一大截脊椎骨也从蛇尾凸了出来。

回家的路上

野兔爸爸、野兔妈妈和萨特不敢在这里停留，因为它们知道，大青蛇的气味会随空气飘散在空中，很快就会吸引来嗜蛇的老鹰，外出捕食的臭鼬爸爸也随时可能会赶回来。

经过一番生死搏斗，萨特哪里还敢离开父母半步。而父母也唯恐萨特掉队，所以野兔妈妈在前，野兔爸爸在后，把萨特夹在中间，兔子一家转身就跳进了茂盛的草丛中。

跑了一会儿，野兔妈妈轻轻地用后腿敲击了一下地面，那是在提醒野兔爸爸和萨特趴下别动，不要出声。野兔妈妈收拢起四肢，身子紧紧地趴在地上，远远望去就像是一块石头，野兔妈妈身体的颜色和周围的颜色融为一体，不仔细观察，根本没法发现野兔妈妈。

萨特也接受了之前的教训，虽然它不明白妈妈为什么停下来，但它还是学着妈妈的样子趴在那儿，一动不动。

原来，走在最前面的野兔妈妈发现最初追逐萨特的那三条野狗就在前面，其中两条野狗因为身体相撞受了重伤，已经没法行走，所以第三条野狗就像拖着一只口袋似的拖着一条野狗向前走一段路，然后返回来再拖另外一条。

倒在地上的野狗"嗯——嗯"地小声叫着，时不时伸出舌头舔一下拖它的野狗，那是它在用这种方式表达自己的谢意呢！

也不知道那条野狗拖了多久，它们的身影才从野兔一家的视野中消失。

变成一块石头的野兔妈妈像是从冬眠中苏醒过来一样，只见它抖动一下长长的耳朵，身体使劲摇晃一下，仿佛一下子把身体中的力量摇晃了出来似的，头也不抬，沿着茅草下的小路，继续向前跑去。这也是野兔妈妈的生存策略，只有在茅草丛里奔跑，才不会被敌人发现。

野兔妈妈走走停停，遇到好吃的草还会唤萨特和野兔爸爸一块享用。萨特也饿极了，它从未像今天这样吃得香甜。

野兔妈妈看萨特吃得高兴，心情也放松下来。它用头蹭了蹭萨特的肚子，好像在说："别吃了，小心吃撑了！"然后抽动了一下鼻头，像发现了什么似的，两只前爪在地上一阵猛挖，不一会儿就挖出一块植物的根茎，送到萨特的嘴边。萨特连头也没抬，就吃了下去。

萨特哪里知道，这是野兔妈妈担心它吃得太多，提前给它吃下了打碗碗花①的根茎，并提醒它记住刚才吃到嘴里的是什么。这样，下次再消化不良时，萨特就可以自己挖来吃了。

战胜猫头鹰

天黑了，月亮像还没彻底拧亮的台灯，散发出朦胧的光。整个草原也像一个幽静的怪物，在大片的黑暗中隐藏着

---

① 多年生草本植物，白色，茎蔓生、缠绕或匍匐状，有棱角，无毛，基部常有分枝。

自己的身影。

一匹匹的草原狼首先从这黑暗里显出了身形，它们仰着头，冲着月亮"嗷呜——嗷呜"地号叫起来。不知名的鸟，也像被草原狼唤醒了似的，披着黑袍子一样的外衣，在空中无声无息地滑翔着。

更多的小动物从洞穴口探出头颅，伸长了耳朵，倾听着四周的动静，然后又悄悄地离开洞口，外出觅食。

野兔爸爸、野兔妈妈和萨特走出茅草丛，再越过前面那个高坡，就可以安全回家了。它们长长地出了一口气，后腿立起来，抬起前爪冲着月亮像作揖似的立在那儿，也许月亮是它们心目中的神吧，也许月亮会给它们带来某种暗示或者保佑它们。

萨特也学着爸爸妈妈的样子，站在它们身后，直起身子，不过它前爪还没合拢在一起，就感觉有一阵阴森森的风从身后刮过来。萨特回头一看，只见一只猫头鹰正贴着草尖向它们飞来。

难怪爸爸妈妈没有发现。这只猫头鹰已经在草原上生活多年，它了解草原上所有动物的生活习性，特别是对野兔的生活规律了如指掌。

不了解野兔行踪的动物，常常会被野兔杂乱无章的足迹弄昏了头。其实，那都是野兔为了迷惑敌人而使的障眼法。比如它们在原地兜圈子，然后又踩着兜圈子时踩下的脚印倒着回到原点，许多动物就是被野兔这一招弄得不知所措，因为草原狼或者野狗在追踪野兔时，主要靠辨别野兔留下的气味追踪，但无论怎么追踪，总是在原地打转。时间久了，草原狼或者野狗便失去追踪野兔的兴趣，没精打采地跑向别处去了。

那么野兔是怎么逃走的呢？原来它在返回原点后，后腿突然发力，向别的地方一跳，就跳出五六米远。因为野兔这一跳的方向是随机的，所以草原狼或者野狗根本无法追踪。

猫头鹰捕猎时有的是落在一棵树上，用敏锐的眼睛观察着四周的动静。但这种类似于守株待兔般的捕猎方法，常常一无所获。也有的猫头鹰在高空漫无目的地四处搜寻，这种捕猎方法虽然扩大了巡视面积，但付出的辛苦也是成倍的！

而这只猫头鹰和别的猫头鹰不一样，它捕猎之前先研究野兔的生活规律。它发现野兔虽然总会想法掩盖自己的足迹，但它们常走的路却只有一条。走得多了，那条路就被野兔的脚踩硬了，草便长得稀稀疏疏。在月光下，就像一条反射着月光的白线一样，变得极容易辨认。

自从掌握了这个技巧后，这只猫头鹰就再也没有饿过肚子，它的子女也因此一个个都吃得饱饱的。

昨天午夜，这只猫头鹰捕获了一只肥硕得像得了肥胖症的公野兔。拖着它，猫头鹰根本没办法飞上天，最后只能放弃。也许是吸取了昨天的教训，这只猫头鹰后来捕捉野兔时就变得聪明了，专门对小野兔下手。

一天经历两次生死考验，小野兔萨特仿佛一下子成熟了，就在这只猫头鹰偷偷从背后向它袭来之际，它突然弯下身子，前爪着地，后腿用力向后蹬去。

这一招是萨特在和臭鼬妈妈搏斗时学会的,当时它这一招让臭鼬妈妈瞬间丧失了战斗力。从此,它便把这一招式牢牢地记在心里。

眼看猫头鹰就要接近小野兔萨特了,它像飞机降落一样,尾巴下压,翅膀向上倾斜,下垂的爪子就像已经打开了的起落架,轰隆隆地向小野兔萨特飞了过来。正是凭着这一招,这只猫头鹰才屡屡得手,无论大兔子,还是小兔子,没有一只能躲过它这致命的一击。

但是这只猫头鹰今天要失手了,因为萨特在猫头鹰伸出爪子的同时,头部已经贴近了地面,并抬起后腿,用尽全力向上蹬去。

据说,这一招叫"兔子蹬鹰"。

这只猫头鹰完全没想到萨特会有这一招,它毫无防备。它原本打算捉到小野兔的同时,迅速把身体拉向高空,然后再一松爪子,把小野兔抛向地面,这样,一次完美的捕猎行动就圆满地结束了。但万万没有想到的是,这次掠食行动却给它的生命画上了句号。

这只猫头鹰在落下爪子后,并没有抓到小野兔萨特的脖颈,它先是心里一惊,扇动的翅膀便显得慌乱起来。萨特哪里还给它喘息的机会,它向上猛蹬后腿,立刻重重地蹬在这只猫头鹰的腹部。顿时,猫头鹰便像失去控制的飞机一样,身体翻滚着,然后重重地栽倒在地上,翅膀上的羽毛就像失事飞机摔落的零件,散落一地。

"啪嗒——啪嗒——"这只猫头鹰不停地扇动着翅膀,

开始还扇得比较有力,渐渐地,那翅膀便一动不动了。

野兔爸爸和野兔妈妈亲眼看见萨特战胜猫头鹰的全过程,心里自然是无比兴奋。很少跳空中转体的野兔妈妈,竟然陪着野兔爸爸连着跳了十多个空中转体,它们为自己有这么优秀的儿子高兴呢!

北极狐的名片

🦊 通体白色的狐狸

北极狐体形较小,有点肥胖,有尖尖的嘴巴、圆圆的耳朵和厚厚的皮毛。冬季,它们全身的体毛为白色,仅鼻尖为黑色;夏季体毛为灰黑色,腹部颜色较浅。

🦊 在极端环境下生活

北极狐在北冰洋的沿岸及一些岛屿上的苔原地带活动,能在-50℃的极端环境下生活。

北极狐的脚底长有密集的长毛,适合在冰雪地上行走,无论追捕猎物还是逃脱追捕,它们的脚底都有强大的抓力。此外,北极狐有两层非常厚实的皮毛,一层是贴身的绒毛层,质地细密柔软,发挥着最主要的保暖功效;另一层则是外面的保护层,让北极狐与冰天雪地融为一体，不易被发现，同时阻止了外面的冷空气侵入皮肤。

机智狡猾，坐享其成

北极狐的食物包括旅鼠、鱼、鸟类、鸟蛋、浆果和北极兔，有时它们也会漫游海岸捕捉贝类，但最主要的食物还是旅鼠。当遇到旅鼠时，北极狐会极其迅速地跳起来，然后精准地猛扑过去，将旅鼠按在地上吞食掉。冬天，当巢穴中所储存的食物被消耗殆尽时，北极狐会跟踪北极熊，拣食北极熊的"残羹剩饭"。所以在冬天里，北极熊身后往往会有两到三只北极狐在悄悄地跟踪。

超强的耐力和导航能力

北极狐有超强的耐力，能进行长距离迁徙。北极狐在5个半月时间内迁徙的距离可达到4600公里，平均一天能行进90公里，而且可连续行进数天。它们能够在数月内从太平洋沿岸迁徙到大西洋沿岸。此外,它们还具有极强的导航能力,能够导航行进数百公里,比如它们可以在冬季离开巢穴,迁徙到600公里外的地方,在第二年夏天再返回家园。

共同抚养后代

北极狐同其他种类的狐狸一样,由一只雄狐和一只雌狐组成家庭,共同担负抚养后代的重任。每年的春末夏初是小北极狐出生的季节,雌狐平均一次可产下8—10只幼崽。这么多孩子意味着两只成年北极狐需要在幼崽还不能独立生活的时候付出大量精力来照顾它们。不过通常在当年夏季结束时,小北极狐就要离开父母的怀抱独自去探索外面的世界,接受自然界残酷的考验了。

保护工作远远不够

因其极高的经济价值,所以大量北极狐被人类猎捕和贩卖。由于过度捕猎,因此北极狐在20世纪初的北欧几乎绝迹,而全球变暖也加剧了北极狐的生存危机。

现在，北欧各国成立的北极狐救助项目已经成功使北极狐的数量增长了一倍，但这一数目对北极狐的长期存活来说还远远不够，保护工作仍然任重道远。

中外动物小说精品(升级版)

沈石溪 等 著

动物小说大王沈石溪荣誉奉献

被放逐的狮王

狮王因衰老被赶下台,流浪草原,自食其力。它结识了一群"流浪汉",并且同这群老狮子、小狮子一起斗野牛,猎长颈鹿……

复仇的熊王

哈德森从冰屋里走出来,突然被眼前的一个异物惊呆了——北极熊!可是,最终威风凛凛的北极熊王死了,哈德森也死了,两者都冻成了冰块……

猎豹绝唱

一头巨大的美洲豹饥饿难耐。在途中,它发现了人的踪迹,正当它绞尽脑汁要捕猎时,一头美丽的雌驯鹿出现了……美洲豹将会有怎样的命运呢?

猛虎报恩

一场森林大火使母虎春阳失去了妈妈,多亏了守林人相救,它才死里逃生。现在,母虎春阳又来到守林人的小屋前,春阳还会跟当年的救命恩人相认吗?

中外动物小说精品（升级版）

沈石溪等 著

动物小说大王沈石溪荣誉奉献

野马传奇

汗血野马本打算放下对人的仇恨，与世无争，但为了救出心爱的妻子，它不得不放弃妥协。最终，汗血野马做出了一个出人意料的举动……

雪国狼王

狼王巴尔托是野狼与家犬的后代。一次巧合，它意外归顺了人类，成为一只出类拔萃的雪橇犬。它凭借卓越的智慧与勇气，赢得了一个国家的赞誉……

忠诚的狮子狗

一次，贵妇人的儿子偶然发现了狮子狗阿尔多，便想据为己有，但狗主人老爹和他儿子谢尔盖坚决不卖。扣人心弦的故事由此展开……

悲情豺母

豺狗妈妈不听豺狗族长的警告，把四只狼儿当成自己的孩子。一天，一头老狼告诉大狼儿，豺狗妈妈就是杀死它们亲娘的凶手，大狼儿该怎么做呢？

中外动物小说精品（升级版）

沈石溪 等 著

动物小说大王沈石溪荣誉奉献

霞谷山鹰

山鹰哥哥被咬身亡。山鹰弟弟已成出色的猎手。然而，外来鹰渐渐占领了霞谷，在一场争夺兔子的大战中，一只山鹰消失在霞谷……

丹顶鹤悲歌

一次练习飞行时，丹顶鹤艾美丽的孩子的翅膀被电线拦腰折断。又到了迁徙的时候，艾美丽没有飞走，丹顶鹤一家的命运会如何？

荒园狐影

一对红狐误入运水果的货车，无意间被绑架到了遥远的江南。然而，人类无情的追捕又迫使它们冒险遁入一个百货大楼的顶棚……

牧羊狗将军

牧羊狗的头儿帮助牧羊人与欺侮羊群的凶禽猛兽周旋搏斗。在一次牧羊归途中，羊群突遭豹子的袭击，人和狗合力拼搏，终于战胜了豹子。然而牧羊狗却……

中外动物小说精品（升级版）

沈石溪等 著

动物小说大王沈石溪荣誉奉献

猎犬之魂

当猎犬的母亲在糊涂中咬向主人时，猎犬暴雪竟然为了保护主人而扑向母亲。暴雪成了丛林野狗，它虽然活着，但灵魂却永远孤独地在荒野中游荡。

鬼脸獒王

当藏北高原发生地震后，雪獒森格用自己敏锐的嗅觉找到了废墟下的小主人，用自己庞大的身躯为小主人撑起生命的蓝天……

单臂猿的末日

单臂猿十分弱小，被大猿和猿首领欺负。饲养员老莫让单臂猿成了猿群中的明星。老莫外出遇车祸身亡，单臂猿又被猿群欺负，单臂猿临死还等着老莫来救它呢……

绝境血狼

在猛犬训练基地，一只"流浪狗"竟然打败一头训练有素的狮子。失忆的"流浪狗"被月亮唤醒了，原来自己就是那头叫霆的年轻公狼。